趙子曰

經典新版

老舍

老舍——著

趙子曰 目錄

老舍先生為現代文學史上的大家，
其行文習慣與用語可能與當下的用法不同，
為尊重歷史原貌，本書一律不做改動。

總序

文學星座中，最特立獨行的那一顆星

秦懷冰

上世紀三十年代，由於適值新舊文化、中西思想處於強烈對接和震盪的不安時期，又是白話文學和現代藝術的創作剛好進入多元互激的豐收時期，所以，當時的文壇湧現了一波又一波令人目眩神迷的重要作家和作品。那個時代的文學星空，簡直可謂燦爛輝煌，極一時之盛。

有人認為魯迅、周作人兄弟是那個文學星空中的啟明星與黃昏星，撐起了一整個時代的文采與氣象；也有人認為胡適、徐志摩、梁實秋等「新月派」作者群係屬當時讀者公認的文壇主幹；更有人認為後起的巴金、茅盾、曹禺等左派前衛作家才是那個時代的主流與健將。

然而，無論是日後撰寫現代華人文學史的書齋學者們，或是稍為熟悉三十年代文藝實況的當今讀者們，恐怕沒有人會否認：那個總是刻意避開浮名虛譽，習慣於孑然一身、特立獨行的作家老舍，乃是當時的文學星空中持久熠熠發光的一顆恆星。他的作品所煥發的光輝和熱力，在洶湧起伏的潮流激盪中，撐起了一片人文的、鄉土的、人道的文學園圃。有了老舍的作品，現代華文小說才算是已走向鮮活與成熟。

眾所周知，本名舒慶春的老舍，是世居北京的正紅旗滿洲人，自幼喪父，家境貧寒。正因曾經家世不凡，出生時卻已淪為社會底層，所以他對世態炎涼、人情冷暖的現實社會，早有深刻而切膚的體會。憑著自己特異的天賦和不懈的努力，他青年時代即抓住機會赴英國留學並任教，同時開始文學創作。在英國，他時常尋訪當時的人文重鎮牛津、劍橋，親身接觸了西方現代文藝思潮與技法的奧妙，並與當時炙手可熱的「百花園作家圈」有過互動，故而日後他的創作中極自然地融入了諸多前衛的西方文學因素。返國後，他一往無前地投身文學創作，終身不渝。

老舍的作品，風格相當鮮明而獨特，這是因為：首先，他的語言非常鮮活，正宗北京話中又帶有胡同廝混的鄉土腔，令人一讀之下即難以忘懷。其次，他筆下的人物形象生動，往往只消寥寥幾個場景或動作，即令人如見其人，如聞其聲。尤其，他所抒寫的主角都是社會底層飽經生活折磨的辛苦人，每日須遭風刀霜劍摧折，甚至受傷害、受侮辱，但往往只為了一絲微弱的希望、或一個掛心的人，就不惜忍氣吞聲地活下去。他對人性的深刻挖掘，即是從對都市平民、弱勢群體的理解與同情出發的。

老舍的長篇名著《駱駝祥子》，抒寫從農村來到都市的破產青年祥子，一次又一次掙扎著在現實而勢利的社會中求生存、求上進的艱辛過程，卻因環境和命運的播弄，一次又一次跌倒，其間情節，令人鼻酸。這種人道主義的關懷和刻畫，正是老舍作品最動人的特色。他的短篇名作《月牙兒》，描述一位天真可愛的小姑娘，從七歲起就生活顛沛困頓，與母親相依為命，然因母親患病，她不得不面對人世間種種的冷眼和苛待，最終陷入不堪的命運；這篇小說，近年被拍成電視劇，播出後萬千觀眾為之淚奔。

至於老舍的長篇小說《四代同堂》，刻畫一個大家族內種種相煦以濕、相濡以沫的人際呵護，以及椿椿利益傾軋、誤會齟齬的恩怨情仇，猶如一幅有倫有脊、大開大闔的都市生活風情畫，委實是大師手筆。而他的話劇名著《茶館》，透過一個歷經清末戊戌變法流血、民初北洋軍閥割據、國民政府施政失敗這三大時代鉅變的古舊茶館，反映了半個世紀中國動亂與傾覆的情狀；藉由茶館裡人來人往、匯聚了三教九流各路人馬的場景，以高度的藝術概括力，生動地展示了中國近代史和現代史滄桑變幻的社會縮影。老舍早年在英國曾悉心觀摩和鑽研西方現代話劇的展演，他的《茶館》更融合了他對華人社會與歷史的反思，精采迭出，無怪乎成為歷久不衰的名劇，直到現在，老舍的《茶館》每次演出，仍然轟動遐邇，觀眾人山人海。

老舍在瘋狂的文革時代，為了保持一己基本的人性尊嚴，不惜自沉於北京太平湖，以示無言的抗議。時至今日，他已被公認是大師級的作家，同時被定位為華人文學中「都市平民的代言人」，因為老舍從來不願、也不屑去抒寫北京城裡的豪門富戶、達官貴人，他只關心活生生的、辛苦掙扎的底層平民。正是這種終身不渝的人道主義情懷，和由此情懷所陶冶、所匯聚出來的文學造詣與藝術感性，使我們認為，即使在出版文學作品在書市簡直可謂相當困難的當前時刻，仍一定要出齊老舍的代表作，以向文學星座中這顆特立獨行的閃亮星宿致意！

一　天台公寓

鐘鼓樓後面有好幾家公寓。其中的一家，字號是天台。天台公寓門外的兩扇三尺見長，九寸五見寬，賊亮賊亮的黃銅招牌，刻著：「專租學員，包辦伙食。」

從事實上看，天台公寓的生意並不被這兩面招牌限制住：專租學員嗎？遇有空房子的時候，不論那界人士也和學生們同樣被歡迎。包辦伙食？客人們除非嫌自己身體太胖而想減食去肉的，誰也不甘心吃公寓的包飯；雖然飯費與房租是同時交櫃的。

天台公寓的生意也並不因為履行招牌上所說的而減少：唯其不純粹招待學

生，學生才來得更踴躍，唯其飯食不良，住客們才能享受在別個公寓所享不到的利益。例如，拿兩件小事說：客人要叉麻雀，公寓的老闆就能請出一兩位似玉如花的大姑娘作陪。客人們要喝酒，老闆就能供給從北京用豬尿胞運來的，真正原封、漏稅的「燒刀子」。

天台公寓住著有三十上下位客人，雖然只有二十間客房。因為有兩位客人住一間的，而沒有一位住兩間的。這二十間客房既不在一個院子裡，也不是分作三個院子，折衷的說，是截作兩個院子；往新穎一點說，是分為內外兩部。兩部之中隔著一段粉板牆，上面彩畫一些人物鬼狐。有人說畫的是《聊齋志異》上的故事。不幸，還沒遇見一位敢斷定到底畫的是《聊齋》上那一段。

內外兩部的結構大大的不相同：外部是整整齊齊的三合房，北、南、西房各五間；內部是兩間北房，三間西房，（以上共二十間客房。）和三間半南房是：堆房、櫃房、廚房和廁所。

公寓老闆常對有考古癖的客人們說：「在公寓開張以前，這本來是兩家的房子，中間隔著一堵碎磚砌的界牆。現在那段粉板牆便是界牆的舊址。」此外，他還常含著淚說：「拆那堵界牆時候，從牆基發現了一尊小銅菩薩。他把那尊菩薩賣了三塊洋錢。後來經別人一轉手賣給一個美國人，竟自賣了六百塊大洋。……」到如今那群有考古癖的人們，想起來就替公寓老闆傷心，可是很少有追問那尊小菩薩到底是那一朝代的。

因為有這樣的結構，所以客人們管外部叫「紫禁城」，內部叫「租界」。一因其整齊嚴肅，一因其散落幽靜。證之事實，「紫禁城」和「租界」兩個名詞用得也頗俏皮恰當，外部的房屋齊整，（十五間中甚至於有兩間下雨不漏水的！）租價略高，住客們自然的帶一些貴族氣象。內部呢，地勢幽僻，最好作為打牌喝酒的地方，稱為租界，信為得體。就是那半間廁所，當客人們不願見朋友或債主子的時候，也可以權充外國醫院，為，好像，政客們的託疾隱退之所。

關於天台公寓的人物的描寫實在是件難事。一來，住客們時來時去，除了幾位沒有以常搬家為一種運動的習慣的，很少有一住就是一年半載的。二來，一位客人有一位的特別形體的構造，和天賦的特性；要是不偏不向的細說起來，應當給他們一一的寫起傳記來才對。而且那一本傳記也不會沒有趣味，因為那一個人的生命都有一種特別滋味的。裡院王大個兒的愛唱《斬黃袍》，外院孫明遠的小爆竹似的咳嗽，王大個兒半夜三更的唱《斬黃袍》，以抵抗孫明遠的連珠炮響的咳嗽，……就是這些小事也值得寫一本小說；再往小裡說，崔老闆的長杆大煙袋，打雜的李順的那件短袖長襟寬領缺鈕的藍布大衫，也值得描寫一回。

然而，取重去輕，我們還不能不簡單著寫：雖然我們明知道天台公寓的真像決不像我們所寫的這樣粗簡。當我們述說一個人或一件事的時候，我們耳邊應當掛著王大個兒的《斬黃袍》和孫明遠的咳嗽；眼前應當閃映著崔老闆的大煙袋，和李順的那件在歷史上有相當價值的藍布大衫。這樣，我們或者可以領略一些天台公寓的複雜情況了。

老太太買柿子是揀大個兒的挑，歷史家寫歷史是選著紅鬍子藍靛臉的人物寫，就是小說家也常犯這路「勢力眼」的毛病；雖然小說家，比老太太和歷史家聰明一些，明知道大個兒的柿子未必不澀，紅鬍子藍靛臉的人們未必准是英雄。無論怎麼說吧，我們不能不由天台公寓全體的人物中挑出幾個來寫。

天台公寓的外部以第三號，五間北房當中的那一間，為最大，公認為天台公寓的「金鑾殿」。第三號的主人也儼然以內外部的盟主自居。

第三號的主人是天台公寓最老的住客，一部《天台公寓史》清清楚楚印在他的腦子裡，他的一舉一動都有所影響於公寓的大局。不但此也，第三號的主人是位最和藹謙恭的君子。不用說對朋友們虛恭有禮，就是對僕役也輕易不說一個髒字；除了有時候茶泡的太淡，酒熱的過火，才金聲玉振的讚美僕役們幾聲：「混蛋！」不但此也，第三號的主人是《麻牌入門》，《二簧批評原理》的著作者。公寓的客人們不單是親愛他，也很自傲的能和這樣一位學者同居。不但此也，第三號的主人在大學，名正大學，學過哲學，文學，化學，社會學，植物學，每科三個月。他不要文憑，不要學位，只是為學問而求學。不但此也，第三號的主人對他父母是個孝子，雖然他有比一腦子還多的「非孝」新思想。每月他至少給他父母寫兩封信，除催促匯款之外，也照例寫上「敬叩鈞安！」不但此也……

第三號的主人的姓？居《百家姓》的首位，趙！他的名？立在《論語》第一章的頭上，子曰！

趙子曰先生的一切都和他姓名一致居於首位：他的鼻子，天字第一號，尖、高、並不難看的鷹鼻子。他的眼，祖傳獨門的母狗眼。他的嘴，真正西天取經又寬又長的八戒嘴。鷹鼻、狗眼、豬嘴，加上一顆鮮紅多血、七竅玲瓏的人心，才完成了一個萬物之靈的人，而人中之靈的趙子曰！

他不但得於天者如是之厚，凡加以人事者亦無所不盡其極：他的皮袍，從「霜降」穿過「五七國恥紀念日」，半尺來長的雪白麥穗，地道西口老羊皮。他的皮鞋，絕對新式，英國皮，日本作的，冬冷夏熱，臭聞遠近的牛皮鞋。……

道德、學問、言語，和其他的一切，不跟別人比較，（也沒有比較的必要。）他永遠是第一。他不要文憑，學位；有時候可也說：

「咱若是要學位的時候，不要哲學博士，不要文學博士；咱要世界第一，無所不有的總博士。」

有兩件事他稍微有一點不滿意：住的房是第三號，和上學期考試結果的揭示把別人的姓名都念完，才找到「趙子曰」三個墨飽神足的大字，有點兒不高興！然而，（然而，一大轉也。）客人們都管第三號叫「金鑾殿」，自然第一號之意寓其中矣。至於名列榜末呢，他照著鏡子自己勉勵：「倒著念不是第一嗎！」於是那一點不高興一片雪花兒似的那一點，沒其立足之地了。

還有一件不痛快的事，這一件可不似前二者之容易銷滅：他的妻子，在十年前，（趙子曰十五歲結婚。）真是九天仙府首席的小腳美人。他在結婚後三個月中，受愛情的激動，就寫了一百首七言絕句讚揚她的一對小金蓮。現在趕巧了在隆福寺的舊書攤上，還可以花三個銅子買一本趙著的《小腳集》。可是，現在的人們不但不復以窄窄金蓮為美，反異口同韻的詆為醜惡。於是「聖之時者」的趙子曰當然不能不跟著人們改換了「美」的觀念。他越看東安市場照像館外懸著的西洋裸體美人畫片，他越傷心家中貯藏著的那個醜女。

他本是個海闊天空，心懷高朗的學者，所以他只誠實的賞識真的美，只勤懇的搜求人生的真意，而不信任何鬼氣瀰漫的宗教。不幸，自從發覺了他那「頭」，或者說那「匹」，妻子的短處以後，他懊悔的至於信了宗教以求一些精神上的安慰。他的信仰物，非佛，非孔，非馬克思，更非九尾仙狐，而是鐵面無私的五殿閻君。牌餘酒後，他覺得非有些靈魂上的修養不可，他真的秉著虔誠，匍匐在地的禱告起來：

「敬求速遣追魂小鬼將賤內召回，以便小子得與新式美人享受戀愛的甜美！閻君萬歲！阿門！」

祈禱之後，他心中輕快了許多，眼前光明了許多，好似他的靈魂在七寶蓮池中洗了一回澡。他那個小腳冤家，在他半閉著的眼中，像一條黑線似的飛向地獄去了；然後金光萬道，瑞彩千條，無數的維新仙子從天上飄然而降。他的心回復了原位，周身的血脈流的順了故轍，覺得眼前還有一盞一百二十燭力的西門子電燈，光明！希望！他從無聊之中還要安慰自己，「來吧！再爽快爽快！」於是「金鑾殿」中兩瓶燒酒由趙子曰的兩片厚嘴唇熱辣辣直刺到他靈魂的深處！

可憐的趙子曰！

二　公眾會議廳

第三號差不多是天台公寓的公眾會議廳：一來是趙子曰的勢力所在，號召得住。二來是第三號是全公寓中最寬綽的房子。

第三號的聚談和野樹林一樣：遠看是綠叢叢的一片，近看卻松，槐，榆，柳各有特色；同樣，他們的談話遠聽是一群醉鬼奏樂，亂吵；近聽卻各有獨立不倚的主張與論調：「你說昨天那張『白板釣單』釣的多麼脆！地上見了一張——」

第一位沒有說完，第二位：

「店主東，黃驃馬的馬字，不該耍花腔兒呀！譚叫天活著的時候——」

第二位沒說完，第三位：

「敢情小翠和張聖人裂了鍋啦！本來嗎——」

第三位沒說完，第四位：

「你們想，我入文學系好，還是哲學系好？我的天性近——」

第四位沒說完，大家一齊喊：

「莫談學事！」

第三號的聚談如此進行，直到大家的注意集中於一點，第三號的主人開始收拾茶碗，墨盒，和旁的一切可以用作武器的東西。因為問題集中的時候，茶碗墨盒便要飛騰了。第三號的主人倒不准是膽子小怕流血，卻是因為茶碗摔碎沒有人負責賠償。

第三號的聚談，憑良心說，也不是永遠如此，遇到國家，社會，學校發生重大事故的時候，大家也真能和衷共濟的討論救濟的方法。不幸，就是有時候打起來，第三號的主人也甘心為國家，社會而犧牲幾個茶碗。

夜深了，若不是鐘鼓樓的鐘聲咚咚的代表著寒酸貪睡的北京說夢話，北京城真要像一隻大死牛那麼靜寂了。鬼似的小風捲著幾片還不很成熟的雪花，像幾個淘氣的小白蛾，在電燈下飛舞。雖然只是初冬的天氣，卻已經把站街的巡警凍得縮著脖子往避風閣裡跑了。

這種靜寂在天台公寓裡是覺不到的，因白天講堂上睡足了覺的結果，住客們不但夜間不睏，而且顯著分外精神。王大個兒的《斬黃袍》已從頭至尾唱了三遍。孫明遠為討王大個兒的歡心，聲明用他的咳嗽代替喝彩。裡院裡兩場麻雀打得正歡，輸急了的狠命的摔牌，贏家兒微笑著用手在桌沿上替王大個兒拍板。外院南屋裡一位小鼻子小眼睛的哲學家，和一位大鼻子大眼睛的地理家正辯論地球到底是圓的還是方的。兩位的辯論毫無結果，於是由這個問題改到討論：到底人們應當長大鼻子大眼睛，還是小鼻子小眼睛。……

只有北屋裡的方老頭兒安穩的睡熟了，只有他能在這種環境下睡的著，因為他是個聾子。

第三號裡八圈麻雀叉完，開始會議關於罷課的事情。趙子曰坐在床上，臀下墊著兩個枕頭，床沿上坐著周少濂，武端。椅子上坐著兩位：莫大年和歐陽天風。

天台公寓住著有三十上下位客人，現在第三號的會議卻只有此五位：一來因為客人們並不全屬於一個大學；二來縱然同是一個大學的學友，因省界，黨系之不同，要是能開超過十個人以上的會議，也顯著於理不合。

周少濂是位很古老的青年，彎彎的像個小銀鉤蝦。瘦瘦的一張黃臉像個小乾橘子。兩隻小眼永遠像含笑，鼻尖紅著又永遠像剛哭完。這樣似笑不笑，似哭非哭的，叫人看著不能起一定的情感。細嫩的嗓音好似個七八歲的小姑娘，可是嗓音的難聽又決不是小孩子所能辦到的。眉上的皺紋確似有四五十歲了，嘴唇上可又一點鬍子渣沒有。總之，斷定他至小有七歲，至大有五十，或者沒有什麼大錯兒。

他學的是哲學，可是他的工夫全用在作新詩上。他自己說：他是以新詩來發表他的哲學。不幸，人們念完他的新詩，也不知為什麼就更糊塗了。他張口便是新詩，閉口便是哲學。沒有俏皮的詩句，該他說話的時候也不說。有漂亮的詩句，不該他說話的時候也非說不可。現在他穿著一件灰布棉袍，罩著一件舊藍嗶嘰的西服上身。這樣不但帶出幾分「新」的味道，而且西服口袋多，可以多裝一些隨時寫下來的詩句的紙條兒，以免散落遺失了。

至於武、莫二位呢，他們全是學經濟學的。他們聽說西洋銀行老闆，公司經理全是經濟專家。他們也聽說：銀行老闆，與公司經理十個有九個是禿腦瓢，雙下巴頦兒，大肚子；肚子上橫著半丈來長的金錶鏈。所以，他們二位也都是挺腰板，鼓肚皮，縮脖子，以顯項上多肉。

至於二位不同之點雖然很多，可是最容易看出來的是：莫大年的臉，紅的像一盤縮小的朝陽，武端的臉是黃的似一輪秋月。莫大年的紅臉肉嘟嘟的像個小胖子，人們也叫他小胖子；武端的黃臉肉也不少，可是沒有人想起叫他小胖子。有些人實在想叫他「小腫子」，又覺得不好出口，雖然腫和胖是差不多的。莫大年是心寬體胖，心裡有什麼，嘴裡就說什麼。武端是心細體胖，心裡揣著好的，嘴裡卻說著壞的，因為壞的說著受聽。莫大年是肥棉袍，寬袖馬褂，好像綢緞莊的少掌櫃的。武端是青呢洋服，黃色法國式皮鞋，一舉一動都帶著洋味兒。

歐陽天風呢，他在大學預科還不滿七年呢，大概差兩個學期。他抱定學而不厭，溫故知新的態度，唯恐其冒昧升級而根基打的不堅固。他和趙子曰的每科學三個月的方法根本不同，可是為學問而求學的態度是有同樣的可佩服的。

他的面貌，服裝，比趙子曰的好看的不止十倍，可是他們兩個是影形不離的好朋友。趙子曰只有和歐陽這麼個俊俏的人相處，才坦然不覺自己的醜陋；歐陽天風只有和趙子曰這樣難看的人相處，才安然不疑自己的嬌美。他們兩個好像廟門前立著的那對哼哈二將，唯其不同，適以相成。

他們兩個還有一點不同的地方：趙的入學是由家裡整堆往外拿洋錢，在公寓中打麻雀西啷花啷一五一十的輸洋錢。歐陽不但不用從口袋裡往外掏錢，卻是因叉麻雀賺錢而去交學費。設若工讀互助會要贈給半工半讀的人們獎牌，那可以無疑的斷定，那塊金質獎牌是要給歐陽天風的。他們兩個的經濟政策根本不同，可是在麻雀場上使他們關係越發密切；趙子曰要是把錢輸給歐陽天風，除了他以為叉麻雀是最高尚的遊戲以外，他覺得無形中作了一樁慈善事業。

第三號的會議開幕：

「李順！」主席，趙子曰，坐在上像一座小過山炮似的喊：「李順！」「李順！」

沒有應聲！

「李——順！——」主席的臉往下一沉，動了虎威。

沒有應聲！

「叫李順幹什麼？」莫大年問。

「買瓜子，煙捲！沒有這兩樣，這個主席我不能作！」趙子曰挑著眉很鄭重的說。

「不早了，大概他睡了。」莫大年說著看了看胖手腕上的小金錶：「可不是，兩點十分了！」

「咱們醒著，打雜的就不能睡！」主席氣昂昂的說。

「也別怪李順，」莫大年傻傻忽忽的替李順解說：「八小時的工作，不是，不是通行的勞工限制嗎？」

「先別講理論！他該睡，我們不該吃瓜子！」主席理直氣壯的一語把莫胖子頂回去了！

屋中靜默了一刻。

「不管理論，」莫大年低著頭像對自己說：「人道要講吧！」

「好！」主席說：「老莫，聽你的，講人道，瓜子不吃啦！煙呢，難道也——」

「我有！來！吃一枝！」武端輕快的打開銀煙盒遞給趙子曰。主席的虎項微俯，拿了一枝煙。煙捲燃著，怒氣漸次隨著口中噴出的香霧騰空而散。

「我還是差涵養！」主席搖著頭很後悔的樣子說：「止不住發怒！你的話，老莫，永遠和孔聖人一樣的高明！好，現在該商議咱們的事了。我說，老李怎麼不來?!」

「好！人家老李那能和咱們一塊會議！」武端慢慢的說：「你猜怎麼著？哼！老李決不贊成罷課，不來正好！」

「主席！」周少濂詩興已動，張著小鮎魚似的嘴，扯著不得人心的小尖嗓，首先發言：「此次的罷課是必要的。看！看那灰色的教授們何等的冷酷！看！看那校長刀山似的命令，何等的嚴重！我們若不抵抗，直是失了我們心上自由之花，耳邊夜鷹之曲！反對！反對科舉式的考試！帝國主義的命令！」他深深的喘了一口氣接著說：「從文學上看來，這是我的意見！」他又喘了一口氣：「至於辦法，步驟，還不是我腦中的潮痕所能浸到的！雖然，啊，——反對！」

「老周的話透澈極了！」主席說。跟著看了看手中的煙捲：「妹妹的！越吃越不是味兒！」他一撇嘴，猛的把煙捲往地上一扔。

「老趙，你忘了那是老武的金色的煙絲，雪白的煙紙，上印洋字，中含『尼古丁』的煙捲兒吧？」周少濂乘著機會展一展詩才，決沒有意思挑撥是非。

「我該死！」主席想起來那是武端的煙，含著淚起誓道歉：「老武！你不怪我，一定！我要有心罵你的煙，妹妹的，我不是人！」

「哼！要不是老周，這頓罵我算挨妥了呢！」武端臉上微微紅了一紅，把手插在褲袋裡，挺了挺腰板說：「你猜怎麼著？英雄造笑罵，笑罵造英雄，不罵怎會出英雄！罵你的，主席！」

「得了！瞧我啦！」莫大年笑著給他們分解：「商量咱們的事要緊，歐陽！你該說話了，別盡聽他們的！」

歐陽天風剛要發言，被主席給攔回去了。

「老武！你看著，從此我不再吃煙，煙中有『尼古丁』，毒素！」主席不但後悔錯罵了人，也真想起吸煙的害處來：「諸位！以後再看見我吃煙，踢著我走！」他看著武端不言語了，才向歐陽天風說：「得！該聽你的了！」

「我不從文學上看，」歐陽天風臉堆笑，兩條眉向一處一皺一皺的像半惱的，英俊的，惱著還笑的古代希臘的神像：「我從事實上想。校長，教員，職員全怕打。他們要考，我們就打！」說罷他把皮袍的袖口捲起來，露出一對小白饅頭似的拳頭。粉臉上的蔥心綠的筋脈柔媚的漲起來，像幾條水彩畫上的嫩綠荷梗。激烈的言詞從俏美的口中說出來，真像一朵正在怒放的鮮花，使看的人們傾倒，而不敢有一絲玩狎的意思。

「歐陽說的對極了！對極了！」主席瘋了似的拍著手，扯著脖子喊，比在戲園中捧坤伶還激烈一些。

「我們有許多理由，事實，反對校長。」武端發言：「憑他的出身，你們猜怎麼著，就不夠作校長的資格！他的父親，注意，他的父親是推小車賣布的，你們知道不知道？」說到這裡，他往四圍一看：心中得意極了，好似探險家在荒海之中發現了一座金島那樣歡喜。「你們猜怎麼著，本著平等，共和的精神，我們也不能叫賣布的兒子作校長！」

「老武的話對極了！」主席說，說完打了兩個深長而款式的哈欠。

大家被主席引動的也啊——哈的打起哈欠來。

「諸位！贊成不？開開一扇窗子進些新鮮空氣？」莫大年問。

眾人沒有回答，莫大年立起來把要往窗子上伸的那隻手在大襟上撣了撣煙灰，又坐下了。

「沒人理你，紅色的老莫！」周少濂用詩人的觀察力看出莫大年的臉紅得像抹著胭脂似的。

「主席！」莫大年嘟嘟囔囔的說：「我睏了！你們的意見便是我的意見，你們商議著，我睡覺去啦！」

「神聖的主席！原諒我！我黑色與白色的眼珠已一齊沒有抵抗上層與下層的眼皮包圍之力了！」周少濂隨著莫大年也往外走。

「老莫！老周！明天見！」主席說。

「主席！」歐陽天風精神百倍的喊：「我們不能無結果而散！問問大家贊成『打』不！」

「諸位！我們決定了：打！」主席說：「將來開全體大會的時候，我就代表天台公寓的學友說：打！是不是？」

「沒第二個辦法！」歐陽天風說：「沒——」

莫大年和周少濂已經走到院中，漱漱的小雪居然把地上蓋白了。周少濂跳著腳提著小尖嗓喊：「老趙！還不出來看這初冬之雪喲！雪喲！白的喲！」

「是嗎，老周？」趙子曰從床上跳下來往外跑。武端，歐陽天風也都跟出來。歐陽天風怕冷，抱著肩像個可愛的小貓似的跑進自己屋裡去。趙子曰和武端都伸著兩臂深深的吸著雪氣。一個雪花居然被趙子曰吸進鼻子裡去，化成一個小水珠落在他的寬而厚的唇上：「哈哈！有趣！」

周少濂立在台階用著勁想詩句，想了半天好容易想起兩句古詩，加上了一兩個虛字算作新詩，一邊搖頭一邊哼唧：「北雪呀——犯了——長沙！」

「胡雪喲，冷啦，萬家！」趙子曰接了下句，然後說：「對不對，老周？杜詩！杜詩！」

「老趙！『灰』色的胡雲才對！」周少濂說完頗不高興的走進屋裡去。

「老武！」趙子曰放下周少濂，向武端說：「還有煙捲沒有？」

「踢著他走！」歐陽天風在屋裡笑著嚷。

「踢我？你？留神傷了你的小白腳指頭啊！」只要人們會笑，會扯下長臉蛋一笑，什麼事也可以說過不算。趙子曰，於是，哈哈的笑起來。

三　好人

桌上的小洋鐘叮叮的敲了六下。趙子曰很勇敢的睜開眼。「起！」他自己盤算著：「到公園看雪去！老柏樹們掛著白鬍子，大紅牆上戴著白硬領，美呀！……也有益於身體！」

南屋的門開了。趙子曰在被窩裡甕聲甕氣的喊：「老李呢？幹什麼去？」

「踏雪去！」李景純回答。

「等一等，一同去！」

「公園前門等你，雪下得不厚，我怕一出太陽就全化了！」李景純說著已走到院中。

「好！水榭西邊的小草亭子上見！」趙子曰回答。

街門開了，趙子曰聽得真真的。他的興味更增高了：「說起就起！一！二！三！」

「一…，二…，雪…，踏…」他腦中一圈兩圈的畫了幾個白圈。白圈越轉越小，眼睛隨著白圈的縮小漸漸往一處閉。眼睛閉好，紅松，綠雪，灰色的賈波林，……演開了「大鬧公園」。

太陽慢騰騰的從未散淨的灰雲裡探出頭來，簷前漸漸的滴，滴，一聲聲的往下落水珠。

李順進來升火，又把趙子曰的好夢打斷：「李順！什麼時候了？」

「八點多了？先生。」

「天晴了沒有？」趙子曰的頭依然在蓄滿獨門自製香甜而又酸溜溜的炭氣的被窩裡埋著。

「太陽出來，好高啦，先生。」

「得！等踏濘泥吧！」趙子曰哀而不傷的叨嘮著：「可是，多睡一會兒也不錯！今天是？禮拜四！早晨沒功課，睡！」

「好熱呀——白薯！」門外春二，「昔為東陵侯」，「今賣煮白薯」的漢軍鑲藍旗人，小銅鐘似的吆喝著。

「妹妹的！你不吆喝不成嗎！」趙子曰海底撈月的把頭深深往被裡一縮：「大冷的天不在家中坐著，出來挨罵！」

「栗子味咧——真熱！」這一聲差不多像堵著第三號的屋門喊的。

「不睡了！」趙子曰怒氣不打一處來：「不出去打你個死東西，不姓趙！」他一鼓作氣的坐起來，三下五除二的穿上衣褲，下地，披上皮袍，跑出去！

「趙先生！真正賽栗子！」春二笑著說：「照顧照顧！我的先生，財神爺！」

「春——二！」

「嗻！來呀，先生！看看咱的白薯漂亮不漂亮！」

「啊？」

「來，先生！我給您哪挑塊乾鑲兒的！」

趙子曰點了點頭，慢慢的走過去。看了看白薯鍋，真的嬌黃的一鍋白薯，煮得咕嘟咕嘟的冒著金圈銀眼的小氣泡。

「那塊鍋心幾個子？」趙子曰舐了舐上下嘴唇，咽了一口隔夜，原封的濃唾沫。

「跟先生敢講價？好！隨意賞！」春二的話說的比他的白薯還甜美，假如在「白薯界」有「賣白薯」與「說白薯」兩派，春二當然是屬於後一派。

趙子曰忍不住，又覺得不值的，笑了一笑。

春二用刀尖輕輕的把那塊「欽定」的白薯挑在碟子裡，跟著橫著兩刀，豎著一刀，切成六小塊，然後，不必忙而要顯著忙的用小木杓盛了一杓半黏汁，匀匀的往碟上一灑。手續絲毫不苟，作的活潑而有生氣。最後，恭恭敬敬雙手遞給趙子曰。

「雪下完倒不冷啦？」趙子曰蹲在鍋旁，一邊吃一邊說。對面坐著一個垂涎三尺的小黑白花狗，擠鼻弄眼的希望吃些白薯鬚子和皮——或總稱曰「薯餘」

「是！先生！可不是！」春二回答：「我告訴您說，十月見雪，明年必是好年頭兒！盼著唦，窮小子們好多吃兩頓白麵！」

「可是雪下得不厚！」

「不厚！先生！不厚！大概其說吧，也就是五分來的。不到一寸，不！」

趙子曰斜著眼瞪了春二一眼，然後把精神集中到白薯碟子上。他把那塊白薯已吃了四分之三，忽然覺悟了：「呸！呸！還沒漱口，不合衛生！咳！啵！」

「先生！白薯清心敗火，吃完了一天不漱口也不要緊！」春二笑著說，心中唯恐因為不合衛生的罪案而少賺幾個銅子。

「誰信你的話，瞎扯！」趙子曰把碟子扔在地上，春二和那條小黑白花狗一齊衝鋒去搶。小狗沒吃成「薯餘」反挨了春二一腳。趙子曰立起來往院裡走，口中不住的喊李順。

「嗻！嗻！」李順在院裡答應。

「給春二拿一毛錢！」

「嗻！」

「好熱呀——白薯！……」

李景純是在名正大學學哲學的。秀瘦的一張，腦門微向前杓著一點。兩隻眼睛分外的精神，由秀弱之中帶出一股堅毅的氣象來。身量不高，背兒略微向前探著一些。身上一件藍布棉袍，罩著青呢馬褂，把沉毅的態度更作足了幾分。天台公寓的人們，有的欽佩他，有的由嫉妒而恨他，可是他自己永遠是很溫和有禮的。

「老趙！早晨沒有功課？」李景純踏雪回來，在第三號窗外問。

「進來，老李！我該死，一合眼把一塊雪景丟了！」趙子曰不一定准後悔而帶著後悔的樣子說。

「等再下吧！」李景純進去，把一支小椅搬到爐旁，坐下。

「老李，昨天晚上為什麼不過來會議？」趙子曰笑著問。

「我說話便得罪人，不如不來！」李景純回答：「再說，會議的結果出不去『打』，我根本不贊成！」

「是嗎？好！老李你坐著，我溫習溫習英文。」趙子曰對李景純不知為什麼總有幾分畏懼的樣子。更奇怪的是他不見著李景純也想不起念書，一見李景純立刻就把書癮引起來。他從桌上拿起一本小書，嗽了聲，又聳了聳肩，面對著牆鄭重的念起來：「A boy，A peach」他又嗽了兩聲，跟著低聲的沉吟：「一個『博愛』，一個『屁吃』！」

「把書放下！」李景純忍不住的笑了，「我和你談一談！」

「這可是你叫我放下書？」趙子曰板著面孔問。

李景純沒回答。

「得！」趙子曰噗哧一笑：「放下就放下吧！」他把那本小書往桌一扔，就手拿起一支煙捲；自然「踢著我走！」的誓誰也沒有他自己記的清楚，可是——不在乎！

李景純低著頭靜默了半天，把要說的話自己先在心中讀了一遍，然後低聲的問：「老趙！你到年底二十六歲了？」

「不錯呀！」趙子曰說著用手摸了摸唇上的鬍子渣，不錯，是！是個年壯力足虎頭虎腦的英雄。

「比我大兩歲！」

「是你的老大哥！哈哈！」趙子曰老氣橫秋的用食指彈了彈煙灰，真帶出一些老大哥的派頭。好像老大哥應當吃煙捲，和老爺子該吸鴉片，都應該定在「憲法」上似的。

「老大哥將來作什麼呢？」李景純立起來，低著頭來回走。

「誰知道呢！」

「不該知道？」李景純看了趙子曰一眼。

「這——該！該知道！」趙子曰開始覺得周身有些不自在，用他那短而好像五根香蕉似的手指，小肉扒子一般的抓了抓頭。又特別從五個手指之中選了一個，食指，翻過來掉過去的挖著鼻孔。

「現在何不想想呢？」

「一時那想得起來！」趙子曰確是想了一想，真的沒想起來什麼好主意。

「我要替你想想呢？」李景純冷靜而誠懇的問。

「我聽你的！」趙子曰無意中把半支煙捲扔在火爐內，兩隻眼繞著彎兒看李景純，不敢和他對眼光。

「老趙！你我同學差不多快二年了，」李景純又坐在爐旁。「假如你不以我為不值得一交的朋友，我願——」

「老李！」趙子曰顯出誠懇的樣子來了：「照直說！我要不聽好話，我是個dog, Mister dog !」說完這兩個英國字，好在，又把懇切的樣子趕走了七八分。

「——把我對你的態度說出來。老趙！我不是個喜歡多交朋友的人，可是我看準了一個人，不必他有錢，不必他的學問比我強，我願真心幫助他。你的錢，其實是你父親的，我沒看在眼裡。你的行為，拿你花錢說，我實在看不下去。可是我以為你是個可交的朋友，因為你的心好！——」

趙子曰的心，他自己聽得見，直噗咚噗咚的跳。

「——你的學業，不客氣的說，可謂一無所成，可是你並不是不聰明；不然你怎麼能寫《麻雀入門》，怎能把『二簧』唱的那麼好呢！你有一片好心，又有一些天才，設若你照現在的生活往下幹，我真替你發愁！」

「老李！你說到我的心坎上啦！」趙子曰的十萬八千毛孔，個個像火車放汽似的，颼颼的往外射涼氣。從腳後跟到天靈蓋一致的顫動，才發出這樣空前的，革命的，口是心非的（也許不然）一句話。

「到底是誰的過錯？」李景純看著趙子曰，趙子曰的臉紫中又透著一點綠了，好像電光綢，時興的洋服材料，那麼紅一縷，綠一縷的——並不難看！

「我自己的不好！」

「自然你自己不能辭其咎，可是外界的引誘，勢力也不小。以交朋友說，你有幾個真朋友？以你的那個唯一的好友說，大概你明白他是誰，他是你的朋友，還是仇人？」

「我知道！歐——」

「不管他是誰吧，現在只看你有無除惡向善的心，決心！」

「老李！看著！我能用我將來的行為報答你的善意！」趙子曰心著急，居然把在他心中，或者無論在那兒吧，藏著的那個「真趙子曰」顯露出來。這個真趙子曰一定不是鷹鼻，狗眼，豬嘴的那個趙子曰，因為你閉上眼，單用你的「心耳」聽這句話，決不是豬嘴所能噴出來的。

「如果你能逃出這個惡勢力，第二步當想一個正當的營業！」李景純越發的鎮靜了一些。

「你說我作什麼好？」

「有三條道：」李景純慢慢的舒出三個手指來，定睛看了手指半天才接著說：「第一，選一門功課死幹四五年。這最難！你的心一時安不下去！第二，你家裡有地？」

「有個十幾頃！」趙子曰說著，臉上和心裡，好像，一齊紅了一紅。慚愧，前幾天還要指著那些田地和農商總長的兒子在麻雀場上見著上下高低！

「買些農學的書籍和新式農器，回家一半讀書，一半實驗。這穩當易作，而且如有所得，有益於農民不淺！第三，」李景純停頓了半天才接著說：「這是最危險的！最危險！在社會上找一些事作。沒有充分的知識而作事，危險！有學問而找不到事作，甚至於餓死，死也光明；沒學問而只求一碗飯吃，我說的是你和我，不管旁人，那和偷東西吃的老鼠一樣，不但犯了偷盜的罪過，或者還播散一些傳染病！不過，你能自己收斂，作事實在能得一些經驗；自然好壞經驗全可以算作經驗！總之，無論如何，我們該當往前走，往好處走！那怕針尖那樣小的好事，到底是好事！」

李景純一手托著腮，靜靜的看著爐中的火苗一跳一跳的好像幾個小淘氣兒吐著小紅舌頭嬉皮笑臉的笑。趙子曰半張著嘴，直著眼睛也看著火苗，好像那些火苗是笑他。伸手鑽了鑽耳朵，掏出一塊灰黃的耳垢。挖了挖鼻孔，掏出小蛤螺似的一個鼻牛，奇怪！身上還出這些零七雜八的小東西！活了二十多年好像沒作過一回自覺的掏耳垢和挖鼻牛，正和沒有覺過腦子是會思想的，嘴是會說好話的器具一樣！

「老趙，」李景純立起來說：「原諒我的粗鹵不客氣！大概你明白我的心！」

「明白！明白！」

「關於反對考試你還是打呀？」李景純想往外走又停住了。

「我不管了！我，我也配鬧風潮！」

「那全在你自己的慎重，我現在倒不好多說！」李景純推開屋門往外走。

「謝謝你，老李！」趙子曰不知不覺的隨著李景純往外走，走到門外心中一難受，低聲的說：「老李！你回來！」

「有話說嗎？」

「你回來！進來！」

李景純又走進來。趙子曰的兩眼濕了，淚珠在眼眶內轉，用力聳鼻皺眉不叫它們落下來。

「老李！我也有一句話告訴你！你的身體太弱，應當注意！」

他的淚隨著他的話落下來了！

只是為感激李景純的話，不至於落淚。後悔自己的行為，也不至於落淚。他勸告李景純了，他平生沒作過！他的淚是由心裡顫動出來的，是由感激，後悔，希望，覺悟，羞恥，一片雜亂的感情中分泌出來的幾滴心房上的露珠！他的話永遠是為別人發笑而說的，為引起別人的奉承而說的，為應酬而說的！他的唇、齒、舌、喉只會作發音的動作，而沒有一回捲起舌頭問一問他的心！這是他第一次覺得能由言語明白彼此的心，這是他第一次明白朋友的往來不僅是嘴皮上的標榜，而是有兩顆心互相吸引，像兩股異性的電氣默默的相感！他能由心中說話了，他靈魂的顫動打破一切肢體筋肉的拘束，他的眼皮攔不住他的淚了！可是淚落下來，他心裡痛快了！因為他把埋在身裡二十多年的心，好像埋得都長了鏽啦，第一次在光天化日之下血淋淋的掏出來給別人看！

可是，到底他不敢在院中告訴李景純，好像莫大的恥辱是在大庭廣眾之下說從心中發出來的話！他沒有那個勇氣！

「老趙！你督催著我運動吧！」李景純低著頭又走出去了。

歐陽天風和武端從學校回來，進了公寓的大門就喊：「老趙！老趙！」

沒有應聲！

歐陽天風三步兩步跑到第三號去開門，開不開！他伏在窗台上從玻璃往裡看：趙子曰在爐旁坐著，面朝裡，兩手捧著頭，一動也不動。

「老趙！你又發什麼瘋！開門！」

「你猜怎麼著？開門！」武端也跑過來喊。

趙子曰垂頭喪氣的立起來，懶懶的向前開了門。歐陽天風與武端前後腳的跳進去。武端跳動的聲音格外沉重好聽，因為他穿著洋皮鞋。

「你又發什麼瘋！」歐陽天風雙手扶著趙子曰的肩頭問。

趙子曰沒有言語，這時候他的心還在嘴裡，舌頭還在心裡，一時沒有力氣，也不好意思，叫他的心與口分開，而說幾句叫別人，至少叫歐陽天風的粉臉蛋繡上笑紋的話。歐陽天風半惱半笑的搖晃著趙子曰的肩膀，像一隻金黃色的蜜蜂非要把趙子曰心窩中的那一點香蜜採走不可。趙子曰心中一刺一刺的螫著，還不忍使那隻可愛的黃蜂的小毛腿上不帶走他一點花粉。那好似是他的責任。雖然他自覺的是那麼醜的一朵小野菊！他至少也得開口，不管說什麼說！

「別鬧！身上有些不合適！」他的眼睛被歐陽天風的粉臉映得有些要笑的傾向了，可是臉上的筋肉還不肯幫助眼睛完成這個笑的動作。他的心好像東西兩半球不能同時見著日光似的，立在笑與不笑之間一陣陣的發酸！

「我告訴你！明天和商業大學賽球，你的『遊擊』，今天下午非去練習不可！好你個老滑頭，裝病！」歐陽天風罵人也是好聽的，撇著小嘴說。

「賽球得不了足球博士！」趙子曰狠了心把這樣生硬的話向歐陽天風綿軟的

耳鼓上刺！這一點決心，不亞於辛亥革命放第一聲炮。

「拉著他走，去吃飯！你猜怎麼著？這裡有秘密！」武端說。

武端的外號是武秘密，除了宇宙之謎和科學的奧妙他不屑於猜測以外，什麼事他都看出一個黑影來，他都想用X光線去照個兩面透光。他坐洋車的時候，要是遇上一個瘸拉車的，他登時下車去踢拉車的瘸腿兩腳，試一試他是否真瘸。他踢拉車的，決沒有欺侮苦人的心；踢完了，設若拉車的是真瘸，他多給他幾角錢，又決沒有可憐苦人的心；總而言之，他踢人和多給人家錢全是為「徹底瞭解」，他認為多花幾角錢是一種「秘密試驗費」。他從桌上拿起那頂假貂皮帽，扣在趙子曰的肉帽架上，又從抽屜裡拿出一個錢包，塞在趙子曰的衣袋裡。他不但知道別人的錢包在那裡放著，他也知道錢包裡有多少錢；不然，怎配叫作武秘密呢！

「真的！我不大舒服，不願出去！」趙子曰說著，心中也想到：「為什麼不吃公寓的飯，而去吃飯館？」

「拉著他走！」武端拉著趙子曰的左臂，歐陽笑了一笑拉著他的右臂，二龍捧珠似的把趙子曰腳不擦地的捧出去。

出了街門，洋車夫飛也似的把車拉過來：「趙先生坐我的！趙先生！」

「趙先生，他的腿瘸！……」

兩條小龍把這顆夜明珠捧到車上，歐陽天風下了命令：「東安市場！」武端四圍看了一看，看到底有沒有瘸腿拉車的。沒有！他心中有點不高興！

路上的雪都化了，經行人車馬的磨碾，雪水與黑土調成一片又黏，又濃，又光潤的黑泥膏。車夫們卻施展著點、碾、挑、跳的腳藝（對手藝而言）一路泥花亂濺，聲色並佳的到了東安市場。

「先生，我們等著吧？」車夫們問。

「不等，叫我們泥母豬似的滾回去？糊塗！」武端不滿意這樣問法，分明這樣一問，在大庭廣眾之下把武秘密沒有「包車」的秘密揭破，豈有此理！

「杏花天還是金瓶梅？」歐陽天風問趙子曰。

（兩個，杏花天和金瓶梅，全是新開的蘇式飯館。）

「隨便！」趙子曰好像就是這兩個字也不願意說，隨著歐陽天風，武端喪膽失魂的在人群裡擠。全市場的東西人物在他眼中都似沒有靈魂的一團碎紙爛布，玻璃窗子內的香水瓶，來自巴黎；橡皮作的花紅柳綠的小玩意，在紐約城作的，——有什麼目的？滿臉含笑的美女們，比衣裳架子多一口氣的美而怪可怕的太太們，都把兩隻比金鋼鑽還亮的眼睛，射在玻璃窗上；有的挺了挺脖子進到鋪子裡去，下了滿足佔據性的決心；有的摸了摸錢袋，把眼淚偷偷咽下去，而口中自言自語的說：「這不是頂好的貨。」——這是生命？趙子曰在這幾分鐘裡，凡眼中所看到的，腦中登時畫上了一個「？」杏花天？金瓶梅？我自己？……

「杏花天！喝點『紹興黃』！」武端說。然後對歐陽天風耳語：「杏花天的內掌櫃的，由蘇州來的，嘿，好漂亮啦！」

到了杏花天的樓上，歐陽天風給趙子曰要了一盒「三炮台煙」。趙子曰把煙燃著，眉頭漸漸展開有三四鳌，而且忘了在煙捲上畫那個含有哲學的「？」。

「老趙！」武端說：「說你的秘密！」

「喝什麼酒？」歐陽天風看了武端一眼，跟著把全副笑臉遞給趙子曰。——

「不喝！」趙子曰仰著臉看噴出的煙。心中人生問題與自己的志趨的縈繞，

「？」

確是稀薄多了，可是一時不便改變態度，被人家看出自己喜怒無常的弱點。

歐陽天風微微從耳朵裡（其實真說不出是打那一個機關發出來的。）一笑。然後和武端商量著點了酒，菜。趙子曰啷噹一聲把酒盅，跑堂兒的剛擺好的，扣在桌上。酒，菜上來，他只懶懶的吃了幾口菜，扭著脖子看牆上掛著的「五星葡萄酒」的廣告。

「老武！來！豁拳！」

「三星！七巧！一品高升！……」

趙子曰眼看著牆，心中可是盼著他們問：「老趙！來！」他好回答他們：「不！不豁！」以表示他意志堅定。不幸，他們沒問。

「歐陽！三拳兩勝一光當！」武端提起酒壺給歐陽天風斟上一盅。然後向趙子曰說：「給我們看著！你猜怎麼著？歐陽最會賴酒！」

趙子曰沒言語。

「老武！」歐陽天風鄭重其事的說：「不用問他，他一定是不舒服！他要說不喝，就是不喝，甚至連酒也不看！這是他的好處！」

趙子曰心裡痛快多了！歐陽天風的小金鑰匙，不大不小正好開開趙子曰心竅上那把愁鎖。會說話的人，不是永遠討人家喜歡，而是遇必要的時候增加人家的愁苦，激動人家的怒氣。設若人們的怒氣，愁悶，有一定的程度，你要是能把他激到最高點，怒氣與愁悶的自身便能暢快，滿足，轉悲為喜，破涕為笑。正像小孩子鬧脾氣到不可開交的時候，爽得叫他痛哭一場；老太婆所謂「哭出來就好了！」者，是也。對於不慣害病的，你說：「你看著好多了！」當他不幸而害病的時候，他因你這個暗示，那荷梗，燈心的功效就能增高十倍。可是對於以害病吃藥為一種消遣的人，你最好說「你還得保養呀！『紅色補丸』之外，還得加些『艾羅補腦汁』呀！」於是他滿意了，你的同情心與賞識「病之美」的能力，安慰了他。

歐陽天風明白這個！

武端豁拳又輸了，拿起酒盅一仰脖，嗞的一聲喝淨，把酒盅向趙子曰一亮：「乾！」

趙子曰已經回過頭來，又是皺眉，又是擠眼，似乎病的十分沉重。香噴噴的酒味一絲一絮的往鼻孔裡刺，刺的喉部微微發癢。用手抓了抓脖子，看著好像要害「白喉」似的。

「老趙！」武端說：「替我豁，我幹不過歐陽這個傢伙！」

趙子曰依舊沒回答，手指頭在桌底下一屈一伸的直動。然後把手放在桌上，左手抓著右手的指縫，好似要出「鬼風疙瘩」。

「老趙！」歐陽天風誠於中，形於外的說：「你是頭疼，還是肚子不好？」

「疼！全疼！」趙子曰說著，立刻真覺得肚子裡有些不合適。

「身上也發癢？」

「癢的難過！」

「風寒！」歐陽天風不加思索定了脈案。

「都是他媽的春二那小子，」趙子曰靈機一動想起病源，「叫我吃白薯，壓住了風！」

「喝口酒試試？」歐陽天風說著把扣著的那只酒盅拿起來，他拿酒盅的姿式，顯出十分懇切，至於沒有法子形容。

「不喝！不喝！」趙子曰的腦府連發十萬火急的電報警告全國。無奈這個中央政府除了發電報以外別無作為，於是趙子曰那隻右手像餓鷹捉兔似的把酒盅拿起來。酒盅到了唇邊，他的腦府也醒悟了：「為肚子不好而喝一點黃酒，怕什麼呢！」於是脖兒一仰灌下去了。酒到了食管，四肢百體一切機關一齊喊了一聲「萬歲！」眉開了，眼笑了，周身的骨節咯吱咯吱的響。腦府也逢迎著民意下了命令：「著令老嘴再喝一盅！」

一盅，兩盅，三盅，舌頭漸漸麻的像一片酥糖軟津津的要融化在嘴裡，血脈流動的把小腳指頭上的那個雞眼刺的又癢又痛快！四盅，五盅，……

「肚子怎麼樣？」歐陽天風關心趙子曰差不多和姐姐待小兄弟一樣親切。

「死不了啦！——還有一點疼！一點！」

一，二，三，又是三盅！再要一斤！

「你今天早晨的不痛快，不純是為肚子疼吧？」

「老李——好人！他教訓了我一頓！叫我回家去種地！好人！」

「好主意！」武端說：「你猜怎麼著？你回家，他好娶王女士！哈哈！」

「李瘦猴有些鬼計多端呢！」歐陽笑著說。

……

燈點上了，不知怎麼就點上了！麻雀牌唏哩花拉的響起來，不知怎麼就往手指上碰了！

「四圈一散！」趙子曰的酒氣比志氣還壯，血紅的眼睛釘著那張雪白的「白板」。四圈完了。

「再續四圈，不多續！明天賽球，我得早睡！」

……

「四點鐘了！睡去！養足精神好替學校爭些光榮！體育不可不講，我告訴你們，小兄弟們！」

喔——喔——喔！雞鳴了！

「風雨如晦，雞鳴不已，」趙子曰念罷，倒在床上睡起來。

他在夢中又見著李景純了，可是他祭起「紅中」「白板」把李景純打的望影而逃！

商業大學的球場鋪滿了細黃沙土，深藍色的球門後面罩上了雪白的線網。球場四圍畫好白灰線，順著白線短木樁上繫好麻繩，男女學生漸漸在木樁外站滿，彼此交談，口中冒出的熱氣慢慢的凝成一片薄霧。招待員們，歐陽天風與武端在內，執著小白旗，胸前飄著淺綠的綢條，穿梭似的前後左右跳動，並沒有一定要作的事。幾個風箏陪著斜陽在天上掛著，代表出風靜雲清初冬的晴美。斜陽遲遲頓頓的不忍離開這群男女，好似在他幾十萬年的經驗中，這是頭一次在中國看見這麼活潑可愛的一群學生。

場外挽著髮辮的賣糖的，一手遮著凍紅的耳朵吆喝著：「梨糕歪——酥糖嘔！」警區半日學校的小學生，穿著灰色肥腫的棉短襖，吆喝著：「煙來——煙捲兒！」男女學生頭上的那層薄霧漸次濃厚，因為幾百支煙捲的燃燒湊在一塊兒，也不亞於工廠的一個小煙筒。地上的白灰線漸次逐節消滅，一半是被學生的鞋底碾去，一半是被瓜子，落花生的皮子蓋住。

賽球員漸漸的露了面：商業大學的是灰色運動衣，棕色長毛襪，藍色一把抓的小帽。名正大學的是紅色運動衣，黑毛襪，白小帽。要是細看他們身上穿著的，頭上戴著的，可以不用遲疑的下個結論：「一些國貨沒有！」雖然他們有時候到雜貨店去摔毀洋貨。球員們到場全是彎著腿，縮著背，用手搓著露在外面的膝部，凍的直起雞皮疙瘩，表示一些「軟中硬」運動家的派頭。入場之先，在場外找熟識的人們一一握手：「老張！賣些力氣！」「不用多贏，半打就夠！」「老孫！小帽子漂亮呀！」「往他們腿上使勁踢，李逵！」球員們似乎聽見，似乎沒聽見，只露著剛才刷過的白牙繞著圈兒向大家笑。到了場內，先攻門，溜腿，活動全身，球從高處飛來，輕輕的用腳尖一扣，扣在地上。然後假裝一滑，脊背朝地，雙腳豎起倒在地上。別個球員腳尖觸地的跑過來，拾起皮球向倒在地上的那位膝上一摔，然後向周圍一看，果然，四圍的觀眾全笑了！守門的手足並用，橫遮豎擋的不叫球攻入門內。有時候球已打在門後的白線網上，他卻高高一跳，摸一摸球門的上框，作為沒看見球進了門。……

趙子曰到了！哈啦！哈啦！「趙鐵牛到了！」「可不是鐵牛！」黑紅的臉色，短粗的手腳，兩腿故意往橫著拐，大叉著步，真像世界無敵的運動家。運動襪上繫了兩根豆瓣綠的綢條，綠絲上露著黑叢叢的腿。一腿踢死牛，無疑的！

他在場外拉不斷，扯不斷的和朋友們談笑。又不住的向場內的同學們點手喊：「老孟！今天多出點汗呀！」「進來溜溜腿？」「不用！有根！」說著向場內走，還回著頭點頭擺手。走到木樁切近，腳絆在麻繩上，整個大元寶似的跌進場內。四圍雷也似的笑成一陣：「看！鐵牛又耍花樣呢！」他蹬了蹬腿，打算一個鯉魚打挺跳起來。可是他頭上發沉，心中酸惡，怎麼也立不起來。招待員們慌了：「拿火酒！火酒！」一把一把的火酒咕唧咕唧的往他踢死牛的腿上拍。……「成了！成了！」他勉強笑著說：「腿上沒病，腦袋發暈！」

「老趙的腿許不跟勁，今天，你猜怎麼著？」武端對歐陽天風說。

「別說喪氣話！」

嘀——嘀——

評判員，一個滾鬥筋似的小英國人，雙腮鼓起多高把銀笛吹的含著殺氣。場外千百個人頭登時一線拉著似的轉向場內。吸煙的把一口煙含在口中暫時忘了往外，吃瓜子的把瓜子放在唇邊且不去嗑。……

場內，球員站好，趙子曰是左翼的先鋒。

嘀——嘀！

趙子曰一陣怪風似的把球帶過中線「快！鐵牛！Long shoot!」把他自己的性命忘了，左旋右轉的往前飛跑。也不知道是球踢著人，還是人踢著球，獅子滾球似的張牙舞爪的滾。

敵軍的中衛把左足向前虛為一試，趙子曰把球向外一拐，正好，落在敵軍中衛的右腳上，一蹴把球送回。

「哈啦！哈啦！」轟的一聲，商業大學的學生把帽子，手巾，甚至於煙捲盒全扔在空中，跳著腳喊。

「糟——糕！老趙！」趙子曰的同學一齊歎氣。

這一分鐘內，商業大學的學生都把眼珠努出一分多，名正大學的全把鼻子縮回五六釐！

趙子曰偷偷往四圍一看，千百個嘴都像一致的說：「老趙糟糕！」他裝出十分鎮靜的樣子，把手放在頭上，隔著小帽子抓了一抓；好像一抓腦袋就把踢球的失敗可以遮飾過去。（不知有什麼理由！）正在抓他的腦袋，恰好球從後面飛來，正打在他的手上，也就是打在頭上。他腦中嗡的響了一聲，身子向前倒去，眼中一亮一亮的發現著：「白板，」「東風，」「發財！」耳中恍惚的聽見：「Time out !」跟著四圍的人聲嘈雜：「把他抬下來！」「死東西！」「死牛！」「評判員不公！」「打！打！」

歐陽天風跑進去把趙子曰攙起來。他扶著歐陽慢慢走到球門後，披上皮袍坐在地上。他的同學們還是一個勁兒的喊「打！」東北角上跟著有幾個往場內跑，跑到評判員的跟前，不知為什麼又跑回去了。後來才知道那幾位全是近視眼，在場外沒有看清評判員是洋人，哼！設若評判員不是洋人？

「哈啦！哈啦！」商業大學的學生又喊起來。趙子曰看得真真的，那個皮球和他自己只隔著那層白線網。

詩人周少濂縮著脖子，慢慢的扭過來，遞給趙子曰一個小紙條：

「這赤軍，輸啦！」

「反幹不過那灰色的小醜鴨？」

「可是，輸了就輸了吧！」

「有什麼要緊，哈哈！」

四　學校風潮

紅黃藍綠各色的紙，黑白金紫各色的字，正草隸篆各體的書法，長篇短檄古文白話各樣的文章，冷嘲熱罵輕敲亂咒無所不有的罵話，——攻擊與袒護校長的宣言，從名正大學的大門貼到後門，從牆腳黏到樓尖；還有一張貼在電線杆子上的。

大門碎了，牌匾摘了，玻璃破了，窗子飛了。校長室搗成土平，儀器室砸個粉碎。公文飛了一街，一張整的也沒有。圖書化為紙灰，只剩下命不該絕的半本《史記》。天花板上團團的泥跡，地板上一塊塊的碎磚頭。什麼也破碎了：除了一支痰盂還忍氣吞聲的立在禮堂的東南角。

校長室外一條扯斷的麻繩，校長是捆起來打的。大門道五六隻緞鞋，教員們是光著襪底逃跑的。公事房的門框上，三寸多長的一個洋釘子，釘著血已凝定的一隻耳朵，那是服務二十多年老成持重的（罪案！）庶務員頭上切下來的。校園溫室的地上一片變成黑紫色的血，那是從一月掙十塊錢的老園丁鼻子裡倒出來的。

溫室中魚缸的金魚，亮著白肚皮浮在水面上，整盒的粉筆在缸底上冒著氣泡，煎熬著那些小金魚的未散之魂。

試驗室中養的小青蛙的眼珠在磚塊上黏著，喪了他們應在試驗台上作鬼的小命。太陽愁的躲在黑雲內一天沒有出來，小老鼠在黑暗中得意揚揚的在屋裡嚼著死去的小青蛙的腿。……

報紙上三寸大的黑字報告著這學校風潮。電報掛著萬萬火急飛散到全國。教育部大門緊閉，二門不開，看著像一座久缺香火的大神龕。

教育團體紛紛召集會議討論救濟辦法，不期而同的決定了：「看一看風頭再說。」雄糾糾的大兵，槍上插著慣喝人血的刺刀，野獸似的把這座慘澹破碎的大學堂團團圍住，好像只有他們這群東西敢立在那裡！地上一滴滴的血痕，凝成一個一個小圓眼睛似的，靜靜的看大兵們的鞋底兒！⋯⋯

「老趙！你怎麼樣？」李景純到東方醫院去看趙子曰。

「你來了，老李？」趙子曰頭上裹著白布，面色慘黃像風息日落的天色。左臂兜著紗布，右腮上黏著一個粉紅橡皮膏的十字；左右相襯，另有一番俠烈之風。「傷不重，有個七八天也就好了！歐陽呢？」

「在公寓睡覺呢！」李景純越說的慢，越多帶出幾分情感。臉上的笑紋畫出心中多少不平。

「他沒受傷？」趙子曰問。他只恐怕歐陽天風受傷，可是不能自止的想歐陽一定受傷；他聽了李景純的話，從安慰中引起幾分驚異。

「主張打人的怎會能受傷！」

「難道他沒到學校去？」趙子曰似乎有些不信李景純的話，這時候他倒深盼歐陽受一點傷。他好像不願他的好友為肉體上的安全而損失一點人格。

「我沒去，因為我不主張『打』；他也沒去，因為他主張『打』！」

「嘔！」趙子曰閉上眼，眉頭皺在一處，設若他不是自己身上疼，或者是為別人痛心。

李景純呆呆的看著他，半天沒有說話。別的病房中的呻吟哀歎，乘著屋中的靜寂漸次侵進來。

李景純看看趙子曰，聽聽病人的呻吟，覺得整個的世界陷在一張愁網之中。他平日奮鬥的精神被這張悲痛的黑影遮掩得正像院中那株老樹那樣頹落。趙子曰似乎昏昏的睡去，他躡足屏息的想往外走。

「老李，別走！」趙子曰忽然睜開眼，向李景純苦笑了一笑，表示身上沒有痛苦。

「你身上到底怎樣？」

「不怎樣，真的！」趙子曰慢慢抬起右手摸了摸頭上的紗布，然後遲遲頓頓的說：「我問你！——我問你！」

「什麼事？」

「我問你！——王女士怎樣？」趙子曰偷偷看了李景純一眼，跟著把左右眼交互的開閉，看著自己的鼻翅，上面有一些細汗珠。

「她？聽說也到醫院來了，我正要看她去。」

「是嗎？」趙子曰說完，又把眼閉上。

「說真的，你身上不難過？」

「不！不！」

李景純心中有若干言語，問題，要說，都被趙子曰難過的樣子給攔回去。不說，覺得對他不起；說，又怕增加他的苦痛與煩悶。走，怕趙子曰寂寞；不走，心中要說而不好意思說的話滾上滾下像一群要出巢的蜜蜂。正在為難，門兒開了，莫大年滿面紅光的走進來。他面上的紅光把趙子曰的心照暖了幾分。

「老趙，明天見！」李景純好容易得著脫身的機會，又對莫大年說：「你陪著老趙說話吧！」說完，他輕輕的往外走，走到門口回頭看了看趙子曰，趙子曰臉上的笑容已不是前幾分鐘那樣勉強了。

「老趙！」莫大年問：「聽說你被軍閥把天靈蓋掀了？」

「誰說的？掀了天靈蓋還想活著？」趙子曰心中痛快多了，說話的氣調鋒利有趣了。

「人家都那麼說嗎！」莫大年的臉更紅了，紅的正和「傻老」的紅臉蛋沒分別。

「歐陽呢？」

「不知道！大概正在奔走運動呢，不一定！我來的時候遇見老武，他說待一會兒來看你。你問他，他的消息不是比咱靈通嗎！」

「王女士呢？」趙子曰自然的說出來。

「我也不知道！管她們呢！」

「老莫，你沒事吧？」

「沒事，專來看你！」莫大年可說著一句痛快話，自己笑了一笑以示慶賀之意。

「好！咱們談一談！」趙子曰說著把兩隻眼睛睜的像兩朵向日葵，隨著莫大年臉上的紅光亂轉，身上的痛苦似乎都隨著李景純走了。「老莫！你知道王女士和張教授的秘密不知道？」

「什麼秘密？」莫大年問。

「我問你哪！」

「我，我不知道！」

「你什麼也不知道，老莫！除了吃你的紅燒魚頭！」趙子曰笑起來，臉上的氣色像雷雨過去的浮雲，被陽光映的灰中帶著一點紅。

「老趙！明天見！明天我給你買橘子來！」莫大年滿臉慚愧要往外走。

「老莫！我跟你說笑話哪，你就急啦？別走！」

「我還有事，明天來。」莫大年說著出了屋門。剛出屋門，立刻把嘴撅起來。自醫院直到天台公寓一刻不停的嘟嚕著：「什麼也不知道！不知道！人人叫咱傻老！傻老！」

莫大年第二天給趙子曰送了十幾個橘子去，交給醫院的號房，並沒進去見趙子曰。他決不是惱了趙子曰，也不是心眼小料不開事。他所不痛快的是：生在這個新社會裡，要是沒有一種眼觀六路，耳聽八方，到處顯出精明強幹的能力，任憑有天好的本事，滿肚子的學問，至好落個「老好」，或毫不客氣叫你「傻蛋」！

作土匪的有膽子拆鐵路，綁洋人，就有作旅長的資格，還用說別的！以他的家計說，就是他終身不作事，也可以衣食無愁的過他一個人的太平天下。可是他憎嫌「傻蛋」這一類的徽號。他要在新社會裡作個新式的紅鬍子，藍靛臉的英雄。那怕是作英雄只是熱鬧熱鬧耳目而沒有真益處呢，到底英雄比傻蛋強！

他明知道趙子曰是和他開玩笑，打哈哈，他也知道「不知秘密」與「愛吃紅燒魚頭」算不了甚麼大逆不道。可是，人人要用趙子曰式的笑臉對待他，還許就是「窩囊廢」「死魚頭」一類的惡名造成之因呢！這類的徽號不是歡蹦亂跳的青年所能忍受的！

新青年有三畏：畏不強硬，畏不合邏輯，畏沒頭腦！莫大年呢，是天生的溫厚，橫眉立目耍刺兒玩花腔是不會的。對於「邏輯」呢，他和別的青年一樣不明白，可是和別個青年一樣的要避免這個「不合邏輯」的罪名。

怎樣避免？自然第一步要「有頭腦」。所以三畏之中，莫大年第一要逃出「沒頭腦」的黑影，「知秘密」自然是頭腦清晰，多知多懂的一種表示，那麼「知秘密」可以算作作新人物的唯一要素。「知秘密」便是實行「不傻蛋主義」的秘寶。

莫大年一面想，一面走，越想心中越難過！有時候他停住腳呆呆的看著古老的建築物，他恨不得登時把北京城拆個土平，然後另造一座比紐約還新的城。自己的銅像立在二千五百五十層的樓尖上，用紅綠的電燈忽明忽滅的射出：「改造北京之莫大年！」

「老莫！上那兒去？」

莫大年收斂收斂走出八萬多里的玄想，回頭看了看：

「老武！我沒事閒逛。」

武端穿著新作的灰色洋服，藍色雙襟大氅。雪白的單硬領，繫著一印度織的綠地金花的領帶。頭上灰色寬沿呢帽，足下一塵不染的黃，橡皮底，皮鞋。胸脯鼓著，腰板挺著，大氅與褲子的折縫，根根見骨的立著。不粗不細的馬蜂腰，被大氅圓圓的箍住，看不出是衣裳作的合身，還是身子天生來的架得起衣裳來。

他向莫大年端著肩膀笑了一笑，然後由洋服的胸袋中掏出一塊古銅色的綢子手巾，先順風一抖，然後按在鼻子上，手指輕按，專憑鼻孔的「哼力」噌噌響了兩聲。這個渾厚多力的響聲，閉上眼聽，正和高鼻子的洋人的鼻音分毫不差。

莫大年像「看變戲法兒」似的看著武端，心中由羨慕而生出幾分慚愧。武端是，在莫大年想，已經歐化成熟的新青年，他自己只不過比中國蠢而不靈的傻鄉民少著一條髮辮而已。

「老莫，玩一玩去，乘著罷課的機會！」

「上那兒？」莫大年說著往後退了兩步，低著頭看武端的皮鞋一閃一閃的射金光，又看了看自己腳上的那雙青緞厚底棉鞋！

「先上西食堂去吃飯？」武端說。

「我沒洋服，坐在西食堂裡未免發僵！」

這兩句話確是莫大年的真經驗。因為西餐館的擺台的是：對於穿洋服說洋話的客人，不給小帳也伺候的周到；對於穿華服，說華語的照顧主，就是多給小帳也不屑於應酬。更特別的：他們對穿洋服的說中國話，對穿華服的說外國話。所以認不清洋字菜單的人們為避免被奚落起見，頂好上山東老哥兒們的「大碗居」去吃打滷麵比什麼也不惹氣。然而：

「那麼，上民英西餐館？你猜怎麼著？那裡全是中國人吃飯，擺台的也是中國話，而且喝酒可以豁拳，好不好？走！」武端把左手在大氅「廓其有容」的口袋裡，右手帶著小羊皮的淡黃色手套，過去插在莫大年右肘之下。兩個人並肩而行，莫大年為武端的洋服展覽，不便十分拒絕，雖然他真怕吃洋飯。

遠遠的看見民英餐館的兩面大幌子：左邊一面白旗畫著鮮血淋漓的一塊二尺見方的牛肉，下面橫寫著三個大字「炸牛排」。右邊一面紅旗畫著幾位東倒西歪的法國醉鬼，手中拿著五星啤酒瓶往嘴裡灌。武端看見這兩面幌子，眉開眼笑的口中直往下嚥唾液，正是望幌子而大嚼也解一些「洋饞！」莫大年的精神也振作起一些，覺著這兩面大旗的背後，埋伏著一些「西洋文化！」

兩個人進了民英餐館，果然「三星，五魁」之聲清亮而含著洋味，大概因為客人們喝的是洋酒。櫃檯前立著的老掌櫃的把小帽脫下，拱著手說：「來了，Sir！來了，Sir！」

擺台的繫著抹牛油的黑油裙，(「白」的時代已經歲久年深不易查考了！)過來擦抹桌案，擺上刀叉和洋式醬油瓶。簡單著說：這座飯館樣樣是西式，樣樣也是華式，只是很難分析怎麼調和來著。若是有人要作一部「東西文化與其『吃飯』」，這座飯館當然可以供給無數的好材料。

「吃什麼，大爺，Sir？」擺台的打著山東話問。乘著武端看菜單之際，他把抹布放在肩頭，掏出鼻煙壺，脆脆的吸了兩鼻子。

兩個人要了西紅柿炒山藥蛋，燒鱖魚，小瓶白蘭地，冷牛舌頭，和洋焦三仙

（咖啡）。

武端把刀叉耍的漂亮而地道，真要壓倒留學生，不讓藍眼鬼。莫大年閉著氣把一口西紅柿吞下，忙著灌了半杯涼水。

「老武，」莫大年沒有再吃第二口西紅柿的勇氣，呷了一點白蘭地，笑著問：「告訴我，怎麼就能知道秘密？」

「目的？那一種？」武端說完，又把擺台的叫過來，要了一個乾炸丸子加果醬。

「還有多少種？」

「什麼事經科學方法分析沒有種類呢，真是！」

「告訴我兩樣要緊的，多了我記不住。」

「好！你猜怎麼著？好，告訴你兩種：利用秘密和報告秘密，這是目的。你猜——好！先說目的，後說方法。」武端覺得自己非常寬宏大量，肯把他的經驗傳授給莫大年。

莫大年傻老似的聚精會神的聽著。

武端呷了一口酒，嚼著牛舌頭，又點上一支香煙。酒，牛舌頭，煙，在嘴中勻和成一股令人起革命思想的味道。酒順著食道下行，牛舌頭一上一下的運動於齒舌之間，煙從鼻子眼慢慢的往外冒，誰要是這麼作，誰也不能不感謝上帝造人的奇妙，他把牛舌頭咽淨，才正式向莫大年陳說：

「供給秘密是為討朋友的心，博得社會上的信仰。這是在社會上活動唯一的要素，造成英雄偉人的第一步。舉個例說：你猜怎麼著？張天肆，你知道張天肆？財政部司長，司長！你要問他的出身，不必細說，憑他的名字可以猜得出：他本來叫張四，作了官才改成張天肆，張四，張司長！前三年他還是張四，因為報告給綏遠都統一件秘密，你猜怎麼著？當時他來了個綏遠都統駐京辦事處的科員，張科員！前三個月，他又報告給財政總長一件秘密，哈哈，抖起來了，司長！由張四而張天肆而科員而司長，將來，誰能說得定呢，也許張大帥，張總長，張總統，張牛頭，因為他住家在三河縣牛頭鎮！由張四而張總統，一線拴著：知秘密！」

武端喘了一口氣又吃了一塊牛舌頭，心裡想：設若張四「人以地名」有張牛頭的希望，怎見得自己沒有「人以物名」而被呼為武牛舌的可能呢！他笑了一笑，接著說：「至於利用秘密，你猜怎麼著？那可就更有用，更深沉，更——

抖了！利用一件秘密，往小裡說，你可以毀一個人，一個學校，一個機關；往大裡說，推倒一個內閣，逼走一個總統！誰有這份能力，誰就有立銅像的資格，又非張四之流僅僅榮耀一時的可比了；因為小而毀一個人，大而趕走一個總統，不管成功的大小，這樣的舉動與運用秘密的能力，非天生的雄才大略不辦，非真英雄不辦，非——你猜——」

「說了半天，是這麼兩種，是不是？」莫大年問：「告訴我，我該採用那一種？你現在用的是那一種，和怎樣用法？」

「我？慚愧！我用的是供給秘密！這個比利用秘密好辦的多！你猜怎麼著？歐陽天風近於利用秘密了，可是他的聰明咱們如何敢比呢！」

「那麼，你看，我該先練習報告秘密，是不是？告訴我，怎麼得秘密？」莫大年誠懇的問。

「其實，你猜——也沒有一定的方法，只在自己留心。你看，瓦特看見開水壺就發明蒸汽機，他得著了開水壺的秘密，事事留心，處處留心，時時留心！喝！秘密多了！比如說，你在公園喝茶看見一對男女同行，跟著他們！那必有秘密！假如你發現了他們的暗昧的事，得！寫在你的小筆記本上，一旦用著，那個結果絕不辜負你跟著他們的勞力！我告訴你，你知道學生會主席孫權怎麼倒了，新任主席吳神敏怎麼成的功？就是因為吳神敏在公園捉了孫權的姦！再說，就是不圖甚麼，得一些秘密說著玩兒不是也有趣嗎！你猜——」

「那麼我得下死工夫，先練習耳眼，是不是？」

「一定！手眼身法和練武術一樣，得下苦工夫！」

「好！老武！謝謝你！飯賬我候啦！告訴我，你還吃什麼?!」

幾天醫院的生活，趙子曰在他自己身上發現了許多奇蹟：右手按著左腕的脈門，從手指上會能覺到自己的心一秒鐘也不休息，那麼有節有拍的跳動。腦子，更奇怪了，有時候在一陣黑潮狂浪過去之後，居然現出山高月小的一張水墨畫。

心中現出這種境界，叫他懷疑醫院給他的洋藥水裡有什麼不正當作用；至少那種藥水的作用與燒酒不同；而作用異於燒酒的東西根本應當懷疑！醫院的飯食，不錯！設備，周到！然而他寂寞，無聊，煩苦！心中空空的像短了一塊要緊的東西，像一位五十歲的寡婦把一顆明珠似的兒子丟了一樣的愁悶！

生命只是一片泛溢不定的潮水，沒有一些著落，設若腦子不經燒酒刺激著！他開始明白人生與燒酒的關係！不但人生，世界文化的發展不過是酒瓶兒裡的一點副產品！心房的跳動，腦中的思想，都是因為燒酒缺席，他們才敢這樣作怪，才這樣擾和平！

他恨這個胡思亂想的腦子，他命令著他的腦子不准再思想，失敗！原來沒燒酒泡著的腦子是個天然要思想的玩藝兒，他急的直跺腳，沒辦法，他於無聊中覺悟了：為什麼醫院中把死人腦子裝在酒精瓶子裡？因為不用酒泡著，死後也不會得平安，還是要思想！他寧願登時死了，把腦子裝在酒精瓶子裡，也比這樣活受罪強！他長歎了一聲，有心要觸柱而死；可是他摸了摸腦瓢，捨不得！

「忍耐！忍耐！出了醫院再說！忍耐！希望！」

「李景純的話不錯，我應當找些事作。」他忽然想起來了，至於怎麼想起來的，和怎麼單想起作事而忘了李景純告訴他的讀書與種地，不但別人不知道，趙子曰自己也納悶，好像一顆流星在天空飛過，不知從那裡落下來的，也不知道落到那裡去；好在這在空中一閃是不可磨滅的事實。「找什麼事？當教員？

開買賣？作官？——對！作官！」他噗哧的一笑，嘴中濺出幾點唾星，好像一朵鮮花吐蕊把露水珠兒彈落下來似的。「也別說，會思想也有趣！居然想起作官了！哈哈！」他這一笑叫他想起：他七歲的時候在門外用自己的點心錢買過一隻小黃鳥：「七歲就會自動的買一隻小黃鳥，快二十六歲了，又自動的想起應該作官。趙子曰呀，要不是聖人——難道是狗？」

「歐陽天風為什麼不來？」他腦中那隻小黃鳥又飛入他記憶力的最深遠的那一處去，歐陽天風的暖烘烘的粉臉蛋與他自己的笑臉，像隔一層玻璃的兩朵鮮花互相掩映。

「他？正在激烈的奔走運動，一定！別累壞了哇！」他探頭往窗外看了看：窗外那株老樹慈眉善目的靜靜的立在那裡：「沒颳風！謝謝老天爺！他的臉可受不住狂風的吹刺啊！哈哈！」

他笑著笑著眼前像電影換片子似的把那天打校長的光景復現出來：「校長像屠戶門前的肥羊似的綁在柱子上，你一拳，我一腿的打，祖宗三代的指著臉子罵。對，聶國鼎還啐了校長一臉唾沫呢。老庶務的耳朵血淋淋的割下來，噹噹噹釘在門框上……」

他身上覺得一陣不大合適，心中像大案賊臨行的那一刻追想平生的事蹟，說不出是酸是甜，是哭是笑：「老校長也怪可憐的！反正我沒打他，我只用繩子捆他來著，誰知道捆上一定就打呢！他恨我不恨？我在他背後捆他來著，當然沒看見我！——可是呀，就是他看見我，他又敢把咱趙子曰怎樣？他敢開除我？也敢！憑咱在學界的勢力，憑咱這兩膀子力氣，他也敢，除非他想揭他未完好的傷口！」

這麼一想，他心中的不自在又平靜了。他覺得自己的勢力所在，稱孤道寡而有餘，小小的校長，一個賣布小販的兒子，有什麼能為！「縱然是錯打了他，錯就錯了吧；誰叫他不去當軍閥而作校長呢！軍閥作錯了事也是對，我反正不惹他們拿槍的；校長作對了也是錯，也該打，反正打完他沒事！」

他越想越痛快，越想越有理，覺得他打校長與不敢惹軍閥都合於邏輯。這種合於邏輯的理論，叫他聯想到他自己的勢力與責任：「咱老趙在醫院，現在同學的開會誰作主席呢？難道除了咱還有第二個會作主席的？說著玩的呢，動不動也會作主席！就是有會的，他也得讓咱老手一步不是！勢力，聲望，才幹所在，不瞎吹！咱還根本不鬧風潮呢，要不為作主席！」

他這樣一想，開始覺得自己的身體有注意靜養的必要，並不是為自己，是為學校，為社會，為國家，或者說為世界！他身上熱騰騰的直往外冒熱氣，身子隨著熱氣不由的往上飛，一直飛到喜馬拉亞山的最高峰。立在那裡只有他自己可以看清世界，只有他自己有收拾這個殘落的世界的能力。身上的傷痕，（好在是被軍閥打的。）覺得有一些疼痛了，跟看護婦要點白蘭地喝吧！

他正在這麼由一隻小黃鳥而到喜馬拉亞山活動著他的腦子，莫大年忽然滿臉含笑的走進來。趙子曰把剛才所發現的奇蹟奇想慌忙收在那塊琉璃球似的腦子裡，對莫大年說：

「老莫，你昨天給我送橘子來，怎不進來看看你的老大哥，啊？」

「沒秘密可報告，進來幹嗎！」莫大年傻而要露著精細的樣子說。

「那麼今天當然是有秘密了？」

「那還用說！」

「你看，老莫學的鼻子是鼻子，嘴是嘴了。來！聽聽你的秘密！」

「你被革除了，老趙！我管保我是頭一個來告訴你的，是不是？」莫大年得意揚揚的說。

「你是說笑話呢，還是真事？」趙子曰笑的微有一點不自然了。

「真的！一共十七個，你是頭一個！不說瞎話！你的鄉親周少濂也在內！」

趙子曰臉上顏色變了，半天沒有言語。

「真的！」莫大年重了一句，希望趙子曰誇他得到消息這麼快。

「老莫，你是傻子！」趙子曰笑得怪難看的，只有笑的形式而沒有笑的滋味。「你難道不明白不應當報告病人惡消息嗎？再說，」他的笑容已完全收起去，聲音提高了一些：「憑那個打不死的校長，什麼東西，敢開除趙子曰，趙鐵牛，笑話！」

莫大年的一團高興像撞在石頭上的雞蛋，拍叉的一聲，完了！他呆呆的看著趙子曰，臉上的熱度一秒鐘一秒鐘的增高，燒的白眼珠都紅了。忽然一語未發扭身便往外走。

「老莫，別走！」趙子曰隨著莫大年往外看了一眼，由莫大年開開的門縫，看見遠遠往外走著一個人：彎彎的腰，細碎的腳步，好像是李景純。「他又作什麼來了？」

「啊？」莫大年回頭看著趙子曰。

「沒什麼，老莫！」

「再見，老趙！」

五　哲學與亂想

子曰兄：

何等的光榮啊！你捆校長，我寫了五十多張罵校長的新詩。我們都被革除了，雖敗猶榮呀！同鄉中能有幾個作這樣「赤色」的事，恐怕只有你我吧！

慚愧不能到醫院去看你，鄉親！因為今晚上天津入神易大學。學哲學而不明白《周易》，如同打校長而不捆起來一樣不徹底呀！這是我入神易大學的原因。

盼望你的傷痕早些好了，能到天津去找我！

不必氣餒，名正大學不要咱們，別的大學去念！別的大學也不收咱們，拉倒！哈哈！勇敢的鄉親，天津三不管見！

你的詩友
周少濂

念完這封信，趙子曰心中痛快多了！到底是詩人的量寬呀！本來嗎，念書和不念書有什麼要緊，太爺不玩啦！對！找老周去！天津玩玩去！

把老莫也得罪了，這是怎會說的！少濂的信早到一會兒，也不至於叫老莫撅著嘴走哇！真他媽的，我的心眼怎那麼窄呢！……

趙子曰身上的傷痕慢慢的好了。除了有時候精神不振作還由理想上覺得有些疼痛以外，在實際上傷疤被新的嫩肉頂得一陣陣癢的鑽心，比疼痛的難過多了幾分討厭。醫生准他到院中活動活動，他喜歡的像久旱逢甘雨的小蝸牛，伸著小犄角院裡蹓躂。喜歡之外，他心中還藏著一點甜蜜的希望；這點希望叫他的眼珠釘在女部病房那邊，比張天師從照妖鏡中看九尾仙狐還懇切細心。那邊的門響，那邊的笑聲，那邊的咳嗽，對於他都像很大的用意。樓廊上東來西去一個一個頭蒙白紗，身穿白衣的看護婦們，小白蝴蝶兒似的飛來飛去：「都是看護婦，沒用！——也別說，看護婦也有漂亮的呀！可是——」

一天過去了，只看見些看護婦。

第二天，北風從沒出太陽就瘋牛似的吼起來。看護婦警告他不要到院中去。他氣極了：「婚姻到底是天定呀！萬一她明天出院，今天又不准我到院子裡去，你看，這不是坐失其機嗎！風啊！設若這裡有個風神，風神根本不是個好東西！設若風是大氣的激蕩，為什麼單在今天激蕩！」

他咒罵了一陣，風嬉皮笑臉的刮得更有筋骨了。他無法，只好躺在床上把朋友們送來的小說拿起看。越看越生氣：一群群的黑字在眼前亂跳，一群過去，又是一群，全是一樣的黑，連一個白淨好看的也沒有。他把小說用力往地上一摔，過去踏了兩腳，把心中的怒氣略解了萬萬分之一。然後背著手，鼓著胸，撇著嘴，在屋中亂走。有時候立在窗前往外看：院中那株老樹搖著禿腦袋一個勁兒的亂動：「妹妹的！把你連根刨出來！叫你氣我！」

他於無可奈何之中，只好再躺在床上想哲學問題。他的哲學與亂想是一而二，二而一的。「酒要是補腦養身的，婦女便是滿足性慾的東西。酒與婦女便是維持生活的兩大要素！對！對！娶媳婦喝酒，喝酒娶媳婦；有工夫再出些鋒頭，鬧些風潮，掙些名譽。對！內而酒與婦人，外而風潮與名譽，一部人生哲學！……」

把哲學問題想的無可再想，他又想到實際上來：「歐陽天風能幫助我，可是相隔咫尺還要什麼傳書遞簡的紅娘嗎？老李的人不錯，可是他與她？哼！……有主意了！」

他從床上跳起來，用他小棒槌似的食指按了三下電鈴。這一按電鈴叫他覺出物質享受的榮耀，雖然他的哲學思想有時候是反對物質文明的。

「趙先生！」看護婦好像小鬼似的被電鈴拘到，敬候趙子曰的神言法旨。

「你忙不忙？」趙子曰笑著問。

「有什麼事？」

「我要知道一件事，你能給我打聽打聽不能？」

「什麼事，趙先生？」看護婦臉上掛著冬夏常青的笑容，和善懇切的問。

「你要能給我辦的好，我給你兩塊錢的小帳，酒錢，——報酬！」趙子曰一時想不起恰當的名詞來。

「醫院沒有這個規矩，先生。」

「不管有沒有，你落兩塊錢不好！」

「到底什麼事，先生？」

「他是——你——你給打聽打聽女部病房有位王靈石女士，她住在第幾號，得的是什麼病，和病勢如何。行不行？」

「這不難，我去看一看診查簿就知道了。」看護婦笑著走出去。

趙子曰倒疑惑了：「怎麼看護婦這麼開通！一個男人問一個女人的病勢，難道是正大光明的事？或者也許看護婦們作慣了紅娘的勾引事業？奇怪！男女間的關係永遠是秘密的，男女到一處，除了我和她，不是永遠作臭而不可聞的事嗎？醫院自然是西洋辦法，可是洋人男女之間是否可以隨便呢？」

他後悔了，他那個「孔教打底，西法戀愛鑲邊」的小心房一上一下的跳動起來：「傻老！我為什麼叫看護婦知道了我的秘密呢！傻！可是她一點奇驚的樣子沒有，或者她用另一種眼光看這種事？——哼，也許她為那兩塊錢！」

「趙先生！」不大的工夫看護婦便回來了：「王女士住第七號房，她害的是婦女們常犯的血脈上的病。現在已經快好了。」她一說就往外走，毫沒注意趙子曰的臉色舉動。

「你回來！給你，這是你的兩塊錢！」

「不算什麼，先生！」她笑著擺了擺手：「醫院中沒有這個規矩。」

趙子曰坐在床上想了半天，想不出道理來。不要小帳，不以男女的事為新奇。不用說，這個看護婦的乾爸爸是洋人！

他想不透這個看護婦的心理，於是只好不想。他以為天下的事全有兩方面：想得透的與想不透的。這想不透的一方面是根本不用想，有人要是非鑽牛犄角死想不可，他一定是傻蛋！趙子曰決不願作傻蛋。於是他把理想丟開，又看到事實上來：

「我以為她是受了傷，怎麼又是血脈病呢？李景純這小子不告訴我，他與她，一定，沒有好事！好，你李景純等趙先生的！不叫你們的腦袋一齊掉下來，才怪！⋯⋯」

六　新年

趙子曰的傷痕養好，出了醫院。他一步一回頭的往女部病房那邊看，可憐，咫尺天涯，只是看不見王女士的倩影。他走到漸漸看不清醫院的紅樓了，歎了一口氣，開始把心神的注意由王女士移到歐陽天風身上去。跟著，把腦中印著那個「她」撕得粉碎，一心的快回公寓去見——「他」！

他進了公寓，李順笑臉相迎的問他身上大好了沒有，醫院中伺候的周到不周到。趙子曰心中有一星半點的感激李順的誠懇，可是身分所在，還不便於和僕人談心，於是哼兒哈兒的虛偽支應了幾句。李順開了第三號的屋門，撢擦塵土，又忙著去拿開水泡茶。趙子曰進屋裡四圍一看，屋中冷颼颼的慘澹了許多，好像城隍爺出巡後的城隍廟那麼冷落無神。他不覺的歎了一口氣。

「歐陽先生呢？」趙子曰問。

「和武先生出去了。」李順回答：「大概回來的快！嘛！」

趙子曰抓耳撓腮的在屋裡等著。忽然院中像武端咳嗽。推開屋門一看，果然歐陽天風和武端正肩靠著肩往南屋走。

「我說——」趙子曰喜歡的跳起多高，嚷著：「我說——」

「哈哈！老趙！你可回來了！倒沒得破傷風死了！」歐陽天風一片被風吹落的花瓣似的撲過趙子曰來，兩個人親熱的拉住手。趙子曰不知道哭好還是笑好，只覺得歐陽天風的俏皮話比李順的庸俗而誠懇的問好，好聽得不只十萬倍。

他又向武端握手，武端從洋服的褲袋中把手伸出，輕輕的向趙子曰的手指上一挨，然後在他的黃腫臉上似是而非的畫了一條笑紋。

「進來！老趙！告訴我們你在醫院都吃什麼好東西來著！」歐陽天風把趙子曰拉進屋裡去。

「吃好東西？你不打聽打聽你老大哥受的苦處！」趙子曰和歐陽天風像兩隻小貓，你用小尾巴抽我一下，我把小耳朵觸著你的小鼻子，那樣天真爛熳的鬥弄著。

「先別拌嘴，」武端說：「老趙，你猜怎麼著？我有秘密告訴你！」

「走！上飯館去說！上金來鳳喝點老『窨陳』，怎麼樣？」趙子曰問。

「你才出醫院，我給你壓驚接風，歐陽作陪！」武端說：「你猜怎麼著？聽我的秘密，就算賞臉賜光，酒飯倒是小事！」

「不論誰花錢吧，咱歐陽破著老肚吃你們個落花流水，自己朋友！」歐陽天風這樣一說，趙子曰和武端臉上都掛上一層金光，非在歐陽面前顯些闊氣親熱不可。

武端披上大氅，趙子曰換了一件馬褂，三個人烏煙瘴氣的到了金來鳳羊肉館。「趙先生，武先生，歐陽先生！」金來鳳掌櫃的含笑招待他們：「趙先生，怎麼十幾天沒來？又打著白旗上總統府了吧？這一回打了總統幾個脖兒拐？」

趙子曰笑而不答，心中暗暗欣賞掌櫃的說話有分寸。

掌櫃的領著他們三位往雅座走，三位仰著臉談笑，連散座上的人們看也不看。好像是吃一碗羊雜碎，喝二兩白乾的人們是沒有吃飯館的資格似的。

進了雅座，趙子曰老大哥似的命令著他們：「歐陽！你點菜！老武！告訴我你的秘密！」

「老趙！這可是關於你的事，你聽了不生氣？」武端問。

「不生氣！有涵養！」

「你猜怎麼著？」武端低聲的說：「王女士已經把像片給了張教授！那個像片在那裡照的我都知道，廊房頭條光容像館！六寸半身是四塊半錢一打，她洗了半打！這個消息有價值沒有？老趙！」

趙子曰沒言語。

「老武！」歐陽天風點好了菜，把全副精神移到這個秘密圈裡來：「你的消息是千真萬確！所不好辦的，是我們不敢惹張教授！」

「你把單多數說清楚了！」趙子曰說：「是『我』還是『我們』不敢惹姓張的？我老趙憑這兩個拳頭，那怕姓張的是三頭六臂九條尾巴，我一概不論！為一個女人本值不得拿刀動杖，我要賭這口氣！況且姓張的是王女士的老師，我要替社會殺了這種敗倫傷俗的狗。」

「老趙原諒我！我說的是『我』不敢惹張教授！可是你真有心鬥氣，我願意暗地幫助你！」

「哼！」

「其實，你猜怎麼著？張教授也不過是賣酸棗兒出身，又有什麼不好鬥！」武端說。

「我並不是說張教授的勢力一定比咱們大，我說的是他的精明鬼道不好鬥！」歐陽天風向武端說，然後又對趙子曰說：「據我看，我們還是鬥智不鬥力。」

「什麼意思？」趙子曰問。

「你先告訴我，你還願意回學校不呢？」

「書念膩了，回學校不回沒什麼關係！」

「自然本著良心不念書了，誰也攔不住你；可是別人怎樣批評你呢？」歐陽天風笑著說：「難道人們不說：『喝！趙子曰堂堂學生會的主席，被學校革除之後避貓鼠似的忍了氣啦！』老趙，憑這樣兩句話，你幾年造成的名譽，豈不一旦掃地！」

「那麼我得運動回校？」趙子曰的精神振作起好多，「放下書本到社會上去服務」的決定，又根本發生了搖動。

「自然！回校以後，不想念書，再光明正大的告退。告退的時候，叫校長在你屁股後頭行三鞠躬禮，全體職教員送出大門呼三聲『趙子曰萬歲』！」

「你猜怎麼著？」武端的心史又翻開了一頁：「商業大學的周校長在禮堂上給學生們行三跪九叩首禮，這是前三個月的事，我親眼看見的！三跪九叩！」

酒菜上來了，三個人暫時把精神遷到炸春卷，燒羊尾上面去。杯碟匙筯相觸與唇齒舌喉互動之聲，漸次聲勢浩大。沒話的不想說，有話的不能說，因發音的機官大部分都被食物塞得「此路不通」！

「你聽著，」吃了老大半天，歐陽天風決意犧牲，把一口炸春卷貼在腮的內部，舌頭有了一點翻騰的空隙：「我告訴你，現在同學們的情形，你就明白你與學校風潮的關係了：現在五百多同學，大約著說分成三百二十七黨。有主張擁護校長的，有主張擁戴張教授的，有主張組織校務委員會的，有主張把校產變賣大家分錢一散的……一時說不盡。」他緩了一口氣，把貼在腮部的炸春卷揭下來咽下去。「主要原因是缺乏有勢力的領袖，缺乏像你，老趙，這樣有勢力，能幹，名望的領袖！所以現在你要是打起精神幹，我管保同學們像共和國體下的國民又見著真龍天子一樣的歡迎你，服從你！——」

「老趙，你猜怎麼著？」武端先把末一塊炸春卷夾在自己碟子裡，然後這樣說：「聽說德國還是要復辟，真的！」

「那麼，」歐陽天風接著說：「你要是有心回校，當然成功。因為憑你的力量使校長復職，校長能不把開除你的牌示撤銷嗎！回校以後，再告退不念了，校長能不在你屁股後頭鞠三躬嗎！——」

「可是，我打了校長，現在又歡迎他復職，不是叫人看著自相矛盾嗎？」趙子曰在醫院中養成哲學化的腦子，到如今，酒已喝了不少，還會這樣起玄妙的作用；到底住醫院有好處，他自己也這麼承認！

「那不是此一時，彼一時嗎！不是你要利用機會打倒張教授奪回王女士嗎！這不過是一種手段，誰又真心去捧老校長呢！」

「怎麼？」

「你看，捧校長便是打倒張教授，打倒張教授便是奪回王女士！現在咱們設法去偷王女士給張教授的像片，」歐陽天風說著，看了武端一眼。「偷出來之後，在開全體學生會議的時候當眾宣佈他們的秘密。這樣，擁張的同學是不是當時便得倒戈？是！一定！同時，擁護校長的自然增加了勢力。然後我們在報紙上再登他幾段關於張教授的豔史，叫他名譽掃地，再也不能在教育界吃飯。

他沒有事作，當然掙不到錢；沒有錢還能作風流的事？自然誰也知道，不用我說，金錢是戀愛場中的柱頂石；沒錢而想講愛情，和沒眼睛想看花兒一樣無望！那麼，你乘這個機會，破兩頃地，老趙，你呀，哈哈，大喜啦！王女士便成了趙太太啦！」

「可是，」趙子曰心裡已樂得癢癢的難過，可是依舊板著面孔的問：「這麼一辦，王女士的名譽豈不也跟著受影響？」

「沒關係！」

「怎麼？」

「我們一共有多少同學？」

「五百多。」

「五百五十七個。比上學期多二十三個。」武端說。

「其中有多少女的？」歐陽天風問。

「十個，有一個是瘸子。」武端替趙子曰回答。

「完啦！女的還不過百分之二，換句話說，一個女子的價值等於五十個男人。所以男女的風流事被揭破之後，永遠是男的背著罪名，女的沒事；而且越這樣吵嚷，女的名譽越大，越吃香！你明白這個？我的小鐵牛！」

「幹！」趙子曰樂的不知說什麼好，一連氣說了十二個（武端記的清楚。）

「幹！」

趙子曰遍訪天台公寓的朋友，握手，點頭，交換煙捲，人人覺得天台公寓的靈魂失而復得！在他住醫院那幾天，他們又麻雀甚至於不出「清三翻」；燒酒喝多了，只管嘔吐，會想不起亂打一陣發酒瘋。趙子曰回來了！可回來了！頭一次坐下打牌就出了十五個貫壺，頭一次喝酒就有四個打破了鼻子的！痛快！高興！趙子曰回來又把生命的真意帶回來了！吃酒，打牌，聽秘密，計畫風潮的進行，唱二簧，拉胡琴，打架，罵李順——全有生氣！趙子曰忙的頭昏眼暈，夜間連把棉褲脫下來再睡的工夫也沒有，早晨起來連漱口的工夫也沒有，可是他覺得嘴裡更清爽！姓王的告訴他的新聞，他告訴姓張的，姓張的告訴他的消息，他又告訴給姓蔡的；所沒有的說，坐在一塊講煙捲的好歹；講完煙捲，再沒的說，造個謠言！

他早晨起來遇上心氣清明，也從小玻璃窗中向李景純屋裡望一望，然而：

「老李這小子和王女士有一腿，該殺！」

況且自從他由醫院出來，朋友們總伸著大拇指稱他為「志士」、「英雄」。只有李景純淡而不厭的未曾誇獎過他一句。在新社會裡有兩大勢力：軍閥與學生。軍閥是除了不打外國人，見著誰也值三皮帶。學生是除了不打軍閥，見著誰也值一手杖。於是這兩大勢力並進齊驅，叫老百姓們見識一些「新武化主義」。不打外國人的軍閥要是不欺侮平民，他根本不夠當軍閥的資格。不打軍閥的學生要不打校長教員，也算不了有志氣的青年。只有李景純不誇獎趙子曰的武功，哼！只有李景純是個不懂新潮流的廢物！

至於趙子曰打了校長，而軍閥又打了趙子曰？這個問題趙子曰沒有思想過，也值不得一想！

光陰隨著冬日的風沙飛過去了，匆匆已是陰曆新年。趙子曰終日奔忙，屋裡的月份牌從入醫院以後就沒往下撕。可是街上的爆竹一聲聲的響，叫他無法不承認是到了新年，公寓中的朋友一個個滿臉喜氣的回家去過年，只剩下了趙子曰，歐陽天風，和李景純。趙子曰是起下誓，不再吃他那個小腳媳婦捏的餃子，並不是他與餃子有仇，是恨那個餃子製造者；他對於這個舉動有個很好的名詞來表示：「抵制家貨！」歐陽天風呢，一來是無家可歸，二來是新年在京正好打牌多掙一些錢。李景純是得了他母親的信不願他冬寒時冷的往家跑，他自己也願意乘著年假多念一些書；他們母子彼此明白，親愛，所以他們母子決定不在新年見面。

除夕！趙子曰寂寞的要死了！躺在床上？外面聲聲的爆竹驚碎他的睡意！到街上去逛？皮袍子被歐陽天風拿走，大概是暫時放在典當鋪；穿著棉袍上大街去，縱然自己有此勇氣，其奈有辱於人類何！桌上擺著三瓶燒酒，十幾樣乾果點心，沒心去動；為國家，社會起見，也是不去動好；不然，酒入愁腸再興了自殺之念，如蒼生何！

到了一點多鐘，南屋裡李景純還哼哼唧唧的念書。「不合人道！」趙子曰幾次開開門要叫：「老李！」話到唇邊又收回去了。

噹噹！兩點鐘了！他鼓著勇氣，拿起一瓶酒和幾樣乾果，向南屋跑去：

「老李！老李！」

「進來，老趙！」

「我要悶死了！咱們兩個喝一喝！」

「好，我陪你喝一點吧！只是一點，我的酒量不成！」

「老李！好朋友！」趙子曰灌下兩杯酒，對李景純又親熱了好多：「告訴我，你與王女士的關係！我們的交情要緊，不便為一個女人犯了心，是不是？」

「我與王女士，王靈石女士？沒關係！」

「好！老李你這個人霸道，不拿真朋友待我！」

「老趙！我們自幼沒受過男女自由交際的教育，我們不懂什麼叫男女的關係！我們談別的吧——」

「先生！大年底下的，不多給，還少給嗎？」公寓外一個洋車夫嚷嚷著。

「你混蛋！太爺才少給錢呢！」歐陽天風的聲音。

「先生，你要罵人，媽的我可打你！」

「你敢，你姥姥——」歐陽天風的舌頭似乎是捲著說話。

趙子曰放下酒杯，猛虎撲食似的撲出去。跑到街門外，看見洋車夫拉著歐陽天風的胳臂要動武，歐陽天風東倒西歪的往外奪他的胳臂。

公寓門外的電燈因祝賀新年的原因，特別罩上了一個紅紗燈罩。紅的燈光把歐陽天風的粉面照得更美了幾分。那個車夫滿頭是汗，口中沸嚇沸嚇的冒著白氣，都在唇上的亂鬍子上凝成水珠。這個車夫立在紅燈光之下，不但不顯著新年有什麼可慶賀的地方，反倒把生命的慘澹增厚了幾分。

「你敢，拉車的！」趙子曰指著車夫說。

「先生，你聽明白了！講好三十個銅子拉到這裡，現在他給我十八個！講理不講理，你們作先生的？」車夫一邊喘一邊說。

「欠多少？」李景純也跑出來，問。

「十二個！先生！」

李景純掏出一張二十銅子的錢票給了拉車的。

「謝謝先生！這是升官發財的先生！別像他——」拉車的把車拉起來，嘴中叨哩叨嘮的向巷外走去。

歐陽天風臉喝得紅撲撲的，像兩片紅玫瑰花瓣。他把臉伏在趙子曰的肩頭上，香噴噴的酒味一絲絲的向外發散，把趙子曰的心像一團黃蠟被熱氣吹化了似的。

「老趙！老趙！我活不了！死！死！」歐陽天風閉著眼睛半哭半笑的說。

「老趙！我們攙著他，叫他去睡吧！」李景純低聲的說。

……

滿天的星斗，時時空中射起一星星的煙火，和散碎的星光聯成一片。煙火散落，空中的黑暗看著有無限的慘澹！街上的人喧馬叫鬧鬧吵吵的混成一片。鄰近的人家，呱噠呱噠的切煮餑餑餡子。雍和宮的號筒時時隨著北風吹來。門外不時的幾個要飯的小孩子喊：「送財神個來啦！」惹得四鄰的小狗不住的汪汪的叫。……這些個聲音，叫旅居的人們不由的想家。北京的夜裡，差不多只有大年三十的晚上有這麼熱鬧。

這種異常的喧囂叫人們不能不起一種特別的感想。……

趙子曰在院中站了好大半天，點了點頭，歎了一口氣！

七　秘密

莫大年在一個住在北京的親戚家過年，除了酒肉的享受，一心一意的要探聽些秘密，以便回公寓去的時候得些榮譽。

那是正月初三的晚間，一彎新月在天的西南角只笑了一笑就不見了。莫大年吃完晚飯對他的親戚說：去逛城南遊藝園。自己到廚房灌了一小酒悶子燒酒，帶在腰間。

街上的鋪戶全關著門。豬肉鋪的徒弟們敲著鑼鼓，奏著屠戶之樂，聽著有一些殺氣。小酒鋪半掩著門，幾個無家可歸的酒徒，小驢兒似的喊著新春之聲的「哥倆好！」「四季發財！」馬路上除了排著隊走的巡警，差不多沒有什麼行人。偶爾一兩輛摩托車飛過，整隊的巡警忙著把路讓開，顯出街上還有一些動作，並不是全城的人們，因春新酒肉過度的結果，都在家裡鬧肚子拉稀。再說，不時的還聽見淒涼而含有希望的：「車呀！車！」呢。

莫大年踱來踱去，約摸著有十點多鐘了，開始扯開大步往東直門走。走到北新橋，往東看黑洞洞的城樓一聲不發的好像一個活膩了的老看護婦，半打著盹兒看著這群吃多了鬧肚子的病人，嗡——嗡——雍和宮的號聲，陰慘慘好似在地獄裡吹給鬼們聽。

莫大年抖了抖精神，從北新橋往北走。走到張家胡同的東口，他四圍望了一望，才進了胡同口。胡同裡的路燈很羞澀而虛心的，不敢多照，只照出一尺來大一個綠圓圈。隔著十八九丈就有一支燈，除了近視眼的人，誰也不敢抱怨警區不作公益事，只要你能有運氣不往矢橛上走。

莫大年在黑影裡走了五六分鐘，約摸著到了目的地。他掏出火柴假裝點煙，就勢向路南的一家門上照了照「六十二號」。他摸著南牆又往前走，走到六十號，他立住了，四外沒有人聲，他慢慢上了台階。把耳朵貼在街門上聽，裡邊沒有動靜。他試著推了推門，門是虛掩著，開開了一點。他忙著走下台階來，心裡噗咚噗咚直打鼓，腦門上出了一片黏汗。

嘩啷嘩啷的刀鏈響，從西面來了一個巡警。莫大年想拔腿往東跑，心中偶然一動，鎮靜了幾秒鐘，反向前迎過那個巡警來。

「借光！這是六十號嗎？黑影裡看不真！」

「不錯！先生！」那個巡警並沒停住腳向東走去。

莫大年等巡警走遠，又上了台階。大著膽子輕輕推開門，門洞漆黑的好像一群鬼影作成的一張黑幔。他一步一步試著往裡走，除了自己的牙噠噠的響，一點別的聲音聽不到。

出了門洞，西邊有一株小樹，離小樹三四尺，便是界牆。樹的西邊是北房，門洞與北房的山牆形成一條小胡同似的夾著那株小樹。他倚在北房的牆垛探著頭看，北屋中一點光亮沒有，可是影影抄抄的看見西房，大概是兩間，微微有些光亮；不是燈燭，而是一跳一跳的爐中的火光。他定了定神，退回到那株小樹，背倚著樹幹，掏出小酒悶子咂了一口酒。酒咽下去，打了一個冷戰，精神為之一振。他計畫著：

「她沒在家？還是睡了？不能睡，街門還沒關好！等她回來！可是怎麼問她呢？她認識我，對！……可是她要是疑心，而喊巡警拿我呢？」他又喝了一口酒。「我呀？乘早跑！……」

他把小酒悶子帶好，正要往外跑，街門響了一聲！他的心要是沒有喉部的機關擋著，早從嘴中跳出來了。他緊靠著樹幹，閉著氣，腿在褲子裡離筋離骨的哆嗦。街門開了後，像是兩個人的腳步聲音走進來。可是還沒有出門就停止住了。一個女的聲音低微而著急的說：「你走！走！不然，我喊巡警！」

「我不能走，你得應許我那件事！」一個男子的聲音這樣說。

莫大年豎著耳朵聽，眼前漆抹烏黑，外面兩個人嘀咕，他不知這到底是在夢裡，還是真事。

「我喊巡警！」那個女的又重了一句。

「我不怕丟臉！你怕！你喊！你喊！」那個男子低聲的威嚇著。

那個男子的聲音，莫大年聽著怪耳熟的，他心中鎮靜了許多。輕輕的扭過頭來往外看，什麼也看不見。那兩個人似乎在門洞的台階上立著，正好被牆垜給遮住。

那兩個人半天沒有言語，忽然那個女的向院裡跑來。那個男的向前趕了幾步，到正房的牆垛便站住了。那個女子跑到西屋的窗外，低聲的叫：「錢大媽！錢大媽！」

「啊？」西屋中一個老婆婆似由夢中驚醒。

「錢大媽，起來！」

「王姑娘，怎麼啦？」

「我走！我走！」那個男子像對他自己說。可是莫大年聽的真真的，說完他慢慢的走出去。

「給我兩火柴，錢大媽！」那個女的對屋中的老婦人說。

莫大年心中一動，從樹根下爬到北牆，把耳朵貼在地上聽：牆外咚咚的腳步是往西去了。他又聽了聽院中，兩個婦人還一答一和的說話。他爬到門洞，一團毛似的滾出去。出了街門，他的心房咚的一聲落下去，他喜歡的瘋了似的往東跑去。一氣跑到了北新橋。只有一輛洋車在路旁放著。

「洋車！交道口！」

「四毛錢！先生！」

「拉過來！」

……

他藏在一家鋪戶的簷下，兩眼不錯眼珠的看著十字道口的那盞煤氣燈。從北來了一個人，借著煤氣燈的光兒，連衣裳都看得清清楚楚的。

「不錯，是他！」

初四早晨，李順剛起來打掃門外，莫大年步下走著滿頭是汗進了巷口。

「新喜！莫先生！怎麼這麼早就起來啦？」李順問。

「趙先生在不在？新喜！李順！」

「還睡著呢！」

「來，李順！把這塊錢拿去，給你媳婦買枝紅石榴花戴！」莫大年從夜裡發現秘密之後，看見誰都似乎值得賞一塊錢，見著李順才現諸實行。

「那有這麼辦的，先生！」李順說著把錢接過來，在手心中顛了顛，藏在衣袋中的深處。「謝謝先生！給先生拜年了，這是怎會說的，真是！」

「莫先生！新喜！這裡給先生拜拜年！」賣白薯的春二，挑著一擔子大山裡紅糖葫蘆，和一些小風箏之類（新年暫時改行），往城外去趕廟會。

「新喜！春二！糖葫蘆作的好哇！」

「來！孝敬先生一串！真正十三陵大山裡紅，不屈心！」春二選了一串糖葫蘆，作了一個揖，又請了一個安，遞給莫大年。可是李順慌忙的接過去了。

「春二，給你這四毛錢！」

「嘿！我的先生！財神爺！就盼你娶個順心的，漂漂亮亮的財神奶奶！」

……

「哇啦——噗，哇啦，哇啦，波，噗！」金鑾殿中翻江倒海似的漱起口來。

「老趙！新喜！新喜！」莫大年走過第三號來。

「哇老，噗莫！新——噗！」

「新年過的怎樣？」莫大年進了第三號。趙子曰的嘴四圍畫著一個白圈——牙粉——，好像剛和磨房的磨官兒親了個嘴似的。

「別提！要悶死！你們有家有廟的全去享福，誰管我這無主的孤魂！」趙子曰的漱口已告一段落，開始張牙舞爪的洗臉。

「歐陽呢？」莫大年低聲的問。

「大概還睡呢！」

「今天咱們逛逛去，好不好？行不行？」莫大年唯恐趙子曰說道「不行，」站在他背後重了三四遍：「行不行？」為是叫趙子曰明白這個請求是只准贊成而不得駁回的。

「上那兒？」

「隨你！除了遊逛之外，還有秘密要告訴你！」

「上白雲觀？」

「好！快著！說走就走，別等起風！」莫大年催著趙子曰快走，只恐歐陽天風起來，打破他的計畫。

趙子曰是被新年的寂苦折磨的，一心盼有個朋友來，不敢冷淡莫大年。忙著七手八腳的擦臉，穿衣裳，戴帽子。打扮停妥，對著鏡子照了照，左耳上還掛著一團白胰子沫。

人們由心裡覺得暖和了，其實天氣還是很冷。尤其是逛廟會的人們，步行的，坐車的，全帶著一團輕快的精神。平則門外的黃沙土路上，騎著小驢的村女們，裹著綢緞的城裡頭的小姐太太們，都笑吟吟到白雲古寺去擠那麼一回。

「吃喝玩逛」是新春的生命享受。所謂「逛」者就是「擠」，擠得出了一身汗，「逛」之目的達矣。

淺藍的山，翠屏似的在西邊擺著。古墓上的老松奇曲古怪的探出蒼綠的枝兒，有的枝頭上掛著個撕破的小紅風箏，好似老太太戴著小紅絹花那麼樸美。路上沙沙的蹄聲和叮叮的鈴響，小驢兒們像隨走隨作詩似的那麼有音有韻的。……然而這些個美景都不在「逛」的範圍以內。

茶棚裡的嬌美的太太們，豆汁攤上的紅襖綠褲的村女們，廟門外的賭糖的，押洋煙的，廟內橋翅下坐著的只顧銅子不怕挨打的老道士……這些個才是值得一看的。

白雲觀有白雲觀的歷史與特色，大鐘寺有大鐘寺的古蹟和奇趣。可是逛的人們永遠是喝豆汁，賭糖，押洋煙。大鐘寺和白雲觀的熱鬧與擁擠是逛的目的，什麼古蹟不古蹟的倒不成問題。白雲觀的茶棚裡和海王村的一樣喊著：「這邊您哪！高颼眼亮，得瞧得看！」瞧什麼？看什麼？這個問題要這樣證明：設若有一家茶棚的茶役這樣喊：「這邊得看西山！這邊清靜！」我准保這個茶棚裡一位照顧主兒也沒有。

所以形容北京的廟會，不必一一的描寫。只要這樣說：「人很多，把婦女的鞋擠掉了不少。」就夠了。雖然這樣形容有些千篇一律的毛病，可是事實如此，非這樣寫不可。

趙子曰和莫大年到了「很熱鬧」的白雲觀。

莫大年主張先在茶棚裡吃些東西，喝點茶；倒不是肚子裡餓，是心裡窩藏著的那些秘密，長著一對小犄角似的一個勁兒往外頂。趙子曰是真餓，聞著茶棚內的叉燒味，肚裡不住的咕囉咕囉直奏樂。

「老趙！我該說了吧？」兩個人剛坐好，沒等要點心茶水，莫大年就這樣問。

「別忙！先要點吃食！反正你的秘密不外乎糖豆大酸棗！」趙子曰笑著說，跟著要了些硬麵火燒，叉燒，和兩壺白乾。

「老趙，你別小看人！我問你，昨天你和歐陽在一塊兒來著沒有？」

「沒有！」

「完啦，我看見他了！不但他，還有她！」莫大年高興非常，臉上的紅光，真不弱於逛廟的村女的紅棉襖。

「誰？」趙子曰自要聽見有「女」字旁的字，永遠和白乾酒一樣，叫他心中起異樣的興奮。他張著大嘴又要問一聲：「誰？」

「王女士！」

「可是他們兩個是好朋友！」

「我沒看見過那樣的好朋友！他對她的態度，不是朋友們所應有的，更不是男的對女的所應有的！……」莫大年把夜裡的探險，詳詳細細的說一遍，然後很誠懇的說：「老趙！我老莫是個傻子，我告訴你一句傻話：趕快找事作或是回家，不必再蹚渾水！歐陽那小子不可靠！」

「可是我自己也得訪察訪察不是？萬一這件事的內容不像你所想的呢？再說，學校的事我也放下不管？回家？」趙子曰帶出一些傲慢的態度，說著咂了一口酒。

「學校將來是要解散！」莫大年堅決的說。

「你怎麼知道？」

「李景純這樣說嗎！」

「聽他的！」

「老趙，得！我的話說完了，你愛逛廟你自己逛吧，我回公寓去睡覺！——聽我的話，趕快往乾淨地方走。別再蹚渾水！回頭見！」

八　神易大學

趙子曰坐在二等車上，身旁放著一隻半大的洋式皮箱，箱中很費周折的放著一雙青緞鞋。車從東車站開動的十分鐘內，他不顧想別的事，只暗自讚賞這不用驢拉也走的很快的火車：「增光耀祖！祖宗連火車沒有見過，還用說坐火車！自然火車的發明是科學家的光榮，可是讚美火車是我的義務！」

他看了看車中的旅客：有的張著大嘴打著旅行式的哈欠，好像沒上車之前就預備好幾個哈欠在車上來表現似的；有的拿著張欣生一類的車站上的文學書，而眼睛呆呆的射在對面女客人的腿上；有的口銜著大呂宋煙，每隔三分鐘掏出金錶看一看；……俗氣！討厭！他把眼光從遠處往回收，看到自己身旁的洋式皮箱，他覺得只是他自己有坐二等車的資格與身分！

「莫大年的話確是有幾分可靠，可是，」悶！悶！火車拉了兩聲汽笛。「這樣偷跑，不把歐陽的小心急碎？可是，」咕嚨咕嚨火車走過一道小鐵橋。「王女士？想也無益！」他看了看窗外：屋宇，樹木，電線杆都一順邊的往外倒退著：「哼！」……

車到了廊房，他覺得有些新生趣與希望，漸漸把在廊房以北所想的，埋在腦中的深部，而計畫將來的一切：

「周少濂接到我的信沒有？快信？這只箱子至少叫幾個腳夫抬著？兩個也許夠了？好在只有一雙緞鞋！下了火車雇洋車是摩托車？自然是摩托車！坐二等車而雇洋車，不像一句話！……」

車到了老龍頭，旅客們搬行李，掏車票，喊腳夫，看錶，打個末次的哈欠，鬧成一團。趙子曰安然不動的坐在車上，專等腳夫來領旨搬皮箱；他看著別人的忙亂，不由的笑了笑：「沒有涵養！」

「子曰！子曰！」站台上像用鋼銼磨鋸齒那麼尖而難聽的喊了兩聲。

趙子曰隨著聲音往四下看：周少濂正在人群中往前擠。他穿著一身藍色制服，頭上頂著一個八角的學士帽，帽頂上繡著金線的一個八卦。趙子曰看周少濂的新裝束，忍不住的要笑。心裡說：「真正改良八卦教匪呀！」

「老周！喊腳夫，搬箱子！」

周少濂跳著兩根秫秸稈似的小細腿，心肥腿瘦的，勇敢而危險的，跳上車去。他和趙子曰握了握手，把兩隻笑眼的笑紋展寬了一些，同時鼻子一聳，哭的樣式也隨著擴充，跟著把他那只皮箱提起來了。

「等腳夫搬！」趙子曰倒不是怕周少濂受累，卻是怕有失身分。

「不重！這金黃色的箱子和空的一樣！」周少濂提著箱子就往外走，趙子曰也只好跟著走。「這程子好？赤色的鄉親？」

「悲觀得很！」趙子曰說。（其實不叫腳夫搬箱子也是可悲的一件事。）

兩個人說著話走出了站台，趙子曰向前搶了幾步，把一輛摩托車點手叫了過來。他先叫周少濂上車，然後他手扶著車門往四下一望，笑了笑，彎著腰上了車：「法界，神易大學！」

天津，法界，神易大學是馳名世界的以《易經》為主體而研究，而發明，一切科學與哲學的。

神易大學共設八科：哲學、文學、心理、地質、機械、電氣、教育和政治。學生入學先讀二年《易經》，《易經》念的朗朗上口，然後准其分科入系。入那一科是由校長占卜決定之。各科的講義是按照六十四卦的程序編定的。因版權所有的關係，我不敢抄襲那神聖不敢侵犯的講義，再說道理太深也不是常人所能瞭解的；我只好把最粗淺的一些道理說明一番：

以乾坤二卦說，在神易大學的地質學科是這麼講：䷀和䷁便是地層的橫斷圖，而坤卦當中特別看得出地層分裂的痕跡。設若畫成這樣：，便是地層的豎斷圖。經上所說的：「初九潛龍勿用」，「初二見龍在田」那是毫無疑義的說明地層裡埋著的古代生物化石。所謂「潛龍」所謂「在田」，不是說古代生物埋在地裡了嗎。所謂「初九」，「初二」，不是說地層的層次嗎。況且，龍又是古代生物；不然，為什麼不說「見貓在田？」

再把這兩卦移到機械學裡講，那便是陰陽螺絲的說明。假若把這兩卦畫成這樣：，這不是兩個螺絲嗎。把他們放在一處：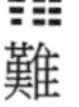難道不是一個螺絲鑽透一塊木板的圖嗎？

那麼把六十四卦應用到電氣學上講，那更足使人驚歎中國古代文明的不可及：伏羲畫卦是已然發明了陰陽電的作用，後聖演卦已經發明了電報！那六十四卦便是不同的收電和發電機。那乾坤否泰的六十四個卦名，便是電報的號碼，正如現在報紙上所謂「宥電」，「豔電」一樣。

經中短峭的辭句，正和今日的電報文字的簡單有同樣用意：如「利見大人」，「利有攸往」，「利涉大川」不過是說：姓利的見著大人了，姓利的已經起程，姓利的過了大江。至於姓利的這個人，是古代的銀行大王，還是煤鐵大王，雖然不敢斷定；可是無疑的他是個大人物：因為經上說了幾次《利艱貞》，那不是說姓利的是個能吃苦，講信用的漢子嗎。……

神易大學的校舍按著《易經》上的蒙卦䷃建築的。立意是：「非我求童蒙，童蒙求我。」往粗淺裡說：來這裡念書的要遵守一切規則，有這樣決心的，來！不願受這樣拘束的，走！我們就這麼辦，你來，算你有心向善；你不來，拉倒！有這樣的宗旨，加以校址占的風水好，所以在舉國鬧學潮的期間，只有神易大學的師生依舊弦歌不絕的修業樂道。

䷃的第一層是辦公室、校長室和教員室。第二第三第四第六層是八科的教室。第五層是學生宿舍和圖書館。四圍的界牆滿畫著八卦，大門的門樓上懸著一方鎮物，先天太極圖。這些東西原來不過是一些裝飾，那知道暗中起了作用：自從界牆上的八卦畫好，門上的鎮物懸起，對面的中法銀行的生意便一天低落一天，不到二年竟自把一座資本雄厚的銀行會擠倒歇業，雖然法國人死不承認這些鎮物有靈，可是事實所在，社會上一班的輿論全以為神易大學是將來中國不用刀兵而戰勝世界列強的希望所在！

車到了神易大學的門外，趙子曰打發了車錢，周少濂把皮箱提起來，兩個人往學生宿舍走。趙子曰東看一眼西看一眼，處處陰風慘慘，雖然沒有鬼哭神號，這種幽慘靜寂，已足使他出一身冷汗。

「老周！現在有多少學生？」

「十五個！」

「十五個？住這麼大的院子，不害怕嗎？」

「有太極圖鎮著大門，還怕什麼？」周少濂很鄭重的說。

趙子曰半信半疑的多少壯起一些膽子來，一聲沒言語隨著周少濂到了宿舍。屋中除了一架木床之外，還有一把古式的椅子，靠著牆立著；離了牆是沒法子立住的，因為是三條腿。靠著窗子有一張小桌，上面擺著一個古銅香爐，爐中放著一些瓜子皮兒。桌子底下放著一個小炭盆，和一把深綠色的夜壺。牆上黃綠色的乾苔，一片一片的什麼形式都有，都被周少濂用粉筆按著苔痕畫成小王八，小兔子，撅著嘴的小鬼兒。紙棚上不怕人的老鼠嗑著棚紙，咯吱咯吱的響；有時還嗞嗞的打架。屋外「拍！」「拍！」「拍！」很停勻的這樣響，好像有兩個鬼魂在那裡下棋！

「老周！這是什麼響？」趙子曰坐在床上，頭髮根直往起豎。

「老劉在屋裡擺先天《周易》呢！老趙，我給你沏茶去！」周少濂說著向床低下找了半天，在該放夜壺的地方把茶壺找出來。「你是喝淺綠色的龍井，深紅色的香片，還是透明無色的白水？」

「不拘，老周！」

周少濂出去沏茶，趙子曰心裡直噗咚。「拍！」「拍！」「拍！」隔壁還是那麼停勻而慘淒的響，趙子曰漸漸有些坐不住了。他剛想往外走到院子裡等周少濂去，隔壁忽然蛤蟆叫似的笑了一陣，他又坐下了！

周少濂去了有一刻來鐘才回來，一手提著茶壺，一手拿著兩個茶碗。

「老趙你怎麼臉白了？」周少濂問。

「我大概是乏了，喝碗茶，喝完出去找旅館！」趙子曰心裡說：「這裡住一夜，准叫鬼捏死！」

「你告訴我，住在這裡，怎麼又去找旅館？」周少濂越要笑越像哭，越像哭其實是越要笑的這樣問。

「我給你寫信的時候，本打算住在這裡；可是現在我怕攪你用功，不如去住旅館！」趙子曰說。

「我現在放年假沒事，不用功，不用功！」周少濂一面倒茶一面說。

「回來再說，先喝茶。」趙子曰把茶端起來：茶碗裡半點熱氣也看不見。只有一細茶葉梗浮在比白水稍微黃一點的茶上。趙子曰一看這碗茶，住旅館的心更堅決了一些。他試著含了一口，假裝漱口開開門吐在地上。

「你這次來的目的？子曰！」周少濂說著一仰脖把一碗涼茶喝下去，跟著挺了挺腰板，好像叫那股涼茶一直走下去似的。

「我想找事做！把書念膩煩了！」

「找什麼事？」

往外走。

「不一定！」

「若是找不到呢？」

趙子曰沒回答。周少濂是一句跟著一句，趙子曰是一句懶似一句，一心想

兩個人靜默了半天，還是周少濂先說話：「你吃什麼？子曰！」

「少濂，我出去吃些東西，就手找旅館，你別費心！」

「我同你一塊兒去找旅館？」

「我有熟旅館！在日租界！」趙子曰說著把皮箱提起來了。

「好！把地址告訴我，我好找你去！」

……

灰黃的是一團顏色，酸臭的是一團味道，嗆嗟嘩啷的是一團聲音。灰黃酸臭而嗆嗟嘩啷的是一團日本租界。顏色無可分析，味道無可分析，聲音無可分析。顏色味道聲音加在一塊兒，無可分析的那麼一團中有個日本租界。那裡是繁華，燦爛，鴉片，妓女，燒酒，洋錢，鍋貼兒，文化。那裡有楊梅，春畫，電燈，影戲，麻雀，宴會，還有什麼？——有個日本租界！

一串串的電燈照著東洋的貨物：一塊錢便賣個鑽石戒指，五角小洋就可以戴一頂貂皮帽，叫大富豪戴上也並看不出真假來。短襖無裙的妓女，在燈光下個個像天仙般的嬌美，笑著，唱著，眼兒飛著，她們的價格也並不貴於假鑽石戒指和貂皮帽。鍋貼鋪的酸辣的臭味，裹著一股子賤而富於刺激的花露水味，叫人們在污濁的空氣中也一陣陣的聞到鑽鼻子的香氣。工人也在那裡，官人也在那裡，殺人放火的兇犯也在那裡，個個人還都享受著他的生命的自由與快活。販賣鴉片的大首領，被政府通緝的闊老爺，白了鬍子的老詩人，也都在那裡消遣著。中國的文化，日本的帝國勢力，西洋的物質享受，在這裡攙著手兒織成一個「樂土天國」。

楊柳青燒了，天津城搶了，日本租界還是個平安的樂窩。大兵到了，機關槍放了，日本租界還是唱的唱，笑的笑，半點危險也沒有。愛國的志士激烈的往回爭主權，收回租界，而日本租界的中國人更多了，房價更高了。在那裡寄放一件東西便是五千元的花費，寄存一條小哈吧狗就是三萬塊錢。愛國的志士運動的聲嘶力盡了，日本人們還是安然作他們的買賣。反正愛國的志士永遠不想法子殺軍閥，反正軍閥永遠是燒搶劫奪，反正是軍閥一到，人們就往租界跑，反正是闊人們寧花三萬元到日租界寄放一條小哈吧狗，也不聽愛國志士的那一套演說詞，日本人才撇著小鬍子嘴笑呢！

趙子曰把皮箱放在日華旅館，然後到南市大街喝了兩壺酒，吃了幾樣天津菜。酒足飯飽在那灰黃的一團中，找著了他的「烏托邦」。

九　愛情似烈火的燃燒

「趙先生！」旅館的夥計在門外叫：「有位周先生拜訪。」

「請他在客廳等一等，先打臉水！」趙子曰懶睜虎目，眼角上鑲著兩小團乾黃「癡抹糊」；看了看桌上的小鐘，還不到十一點半呢。他有些不滿意周少濂這麼早就來，閉上眼又忍了兩三分鐘，才慢慢往起爬，用手巾擦了兩把臉，點上一支香煙向客廳走去。

「子曰，才起？」周少濂問。

「昨天太累了，起不來！」趙子曰舒著胳臂伸了個懶。「你吃了飯沒有，一同出去？」

「不！和你談幾句話，回來還有別的事！」

趙子曰不大高興的坐在一張臥椅上。

「你說你要找事，是不是？」周少濂挑著小尖嗓子問。

「還沒有一定的計畫！」趙子曰覺得用話把周少濂冰走，比找事還重要，很冷淡的這樣回答。

「有一件事我可以替你幫忙，不知道你願意幹不願意？」周少濂問。

「我說老周，你先同我出去玩一玩！然後再說找事行不行？」趙子曰很不耐煩的說。

「老趙，你知道我是個詩人，」周少濂很得意的說：「到那裡逛去我總要作詩。前兩天同朋友到天仙園看了一天戲，到現在我的『觀劇雜感詩』還沒作完。這首詩沒作好之前，我的赤色的鄉親，我簡直的不能陪你出去玩！話往回說：我有個盟叔，閻乃伯，在東馬路住，他要請我去教他少爺的英文。我想薦舉你去，你幹不幹？」

「你為什麼不去？」趙子曰問。

「當然有原因呀，」周少濂把嗓音更提高了一些，也更難聽了一些：「我是他的盟侄，你看，他要一耍滑頭不給我錢，我豈不是白瞪眼！你去呢，他決不會不送束脩。你說——」

「你這位盟叔是幹什麼的？」

「第一屆國會的參議員，作過一任大名道道尹，聽說還有直隸省長的希望呢！」周少濂一氣說完，顯著很得意似的。

「啊！」趙子曰把精神振起一些，也覺得周少濂不十分討厭了：「他既是闊人，那能不給你錢，還是你去好！不過你決定不去，我也無妨一試！」

「好啦！我給你們介紹！」周少濂半哭半笑的笑了一笑，眉上的皺紋聚在一處，好像餓了好幾天的小猴兒。「我決定不去：越是有錢的人越愛錢，前者我和他通融些學費，他給了我個小釘子碰。可是我還不能得罪他，咱這窮詩人是不能又窮又硬的！你一去呢，既顯著我能交朋友，又表示出我不指著他的束脩，鄉親，你看是不是？作詩是作詩，辦事是辦事！我很自傲的是個能辦事的詩人！況且還有哲學！——」

「可有一層啊，」趙子曰問：「我——我的英文，說真的，可是二把刀哇！」

「沒關係！小閻兒從二十六個字母學起。不深！」

「好！就這麼辦啦！」趙子曰立起來說：「你不和我去玩一玩？」

「不！我趕緊回學校去作成我的『觀劇雜感』呢！再見，赤色的老趙！」周少濂把八卦帽戴上神眉鬼眼的往外走。

因為吃穿嫖賭是交際場中宇宙起源論的四大要素，趙子曰又給他父親打了兩個電報催促匯款以備應用。他的父親接電報，放下以撿糞為逍遣的糞箕，忙著從白菜窖裡往外刨三十年前埋好的薄邊大肚大元寶，然後進城到郵局匯兌，以盡他為趙氏祖宗教養後裔的責任。

趙子曰在接到匯條的前三點鐘，還咬牙切齒咒罵他的父親是「不懂新文化的老財奴！」罵著罵著把匯條罵來了，他稍微回心轉意的說：「到底還是有個爸爸，比別人容易利用！」跟著他飛也似的跑到郵局兌了現款，然後到沽衣街去製辦衣裳。

到了沽衣街，他兩眼驚雞似的往四下望，望了半天只有華綸衣店掛著「專備華貴衣服」的金匾合了他的意。他應節當令的選了一件葡萄灰色華絲葛面，薄駱駝絨裡子的大襖，和一件「時興的老花樣」的紅青團龍寧綢馬褂。穿上之後在衣店的四面互照的大鏡子裡一照，他覺得在天津這幾天，只有今天有把自己的像片登在天津《太晤士報》上的價值。付了衣價，把舊衣服放在衣店叫小徒弟送到旅館去。他穿著新衣裳到國貨店買了一根「國貨店中賣的洋貨」的金頂橡木手杖。出了國貨店，一路上隨走隨在鋪戶的玻璃窗上照：左手金頂手杖，右手大呂宋煙，中間素淨而有寶色的馬褂，抖哇！

他不但只是滿意這幾件東西買的好，他根本在精神上覺出東西文化的高低只在此一點。西洋文化是「闊氣」「奢華」「勢力」，中國文化是「食無求飽」「在陋巷人不堪其憂」。設若吃不飽，穿不暖，而且在小破胡同一住，那不被住洋樓，坐摩托車的洋人打著落花流水，還等什麼！為保持民族的尊嚴起見，為東方文化不致消滅淨盡起見，這樣把門面支撐起來是必要的，是本於愛國的真誠！而且這樣作是最經濟的一條到光明之路：洋人們發明了汽車，好，我們拿來坐；洋人們發明了煤氣燈，好，我們拿來點。這樣，洋人有汽車，煤氣燈，我們也有，洋人還吹什麼牛！這樣，洋人發明什麼，我們享受什麼，洋人日夜的苦幹，我們坐在麻雀桌上等著，洋人在精神上豈不是我們的奴隸！

改造中國是件容易的事，只需大總統下一道命令：叫全國人民全吃洋飯，穿洋服，男女抱著跳舞！這滿夠與洋人爭光的了！至於講什麼進取的精神，研究，發明等等，誰有工夫去幹呢！

這是趙子曰的「簡捷改造論」！

他左顧右盼的不覺的又進了三不管。他本想去吃一些鍋貼，喝兩壺白乾酒；及至看了看胸前的團龍馬褂，他後悔不該有這樣沒出息，辱蔑民族光榮的思想。於是他把步度調勻，挺著腰板，到日界一家西餐館裡去吃西米粥，牛舌湯，喝灰色劑（Whiskey）。

他正在軋著醉步，氣態不凡的賞識著日租界的夜色。忽然，離著他有三步多遠，兩個金鋼石的眼珠，兩股埃克司光線把趙子曰的心房射的兩面透亮兒。他把醉眼微睜：那兩粒金鋼石似的眼珠，是鑲在一個增一釐則肥，減一釐則瘦，不折不扣完全熟成的美臉上。不但那兩隻水凌凌的眼睛射著他，那朵小紅蜜窩桃兒似的嘴也向他笑。趙子曰斂了斂神，徹底的還了她一笑。她慢慢的走過來，把一條小白紡綢手巾扔在他腳上。他的魂已出殼，專憑本能的作用把那條手巾拾起來。

「女士！你的手巾？」

「謝謝先生！」她的聲音就像放在磁缸兒裡的一個小綠蟈蟈，振動著小綠翅膀那麼嬌嫩輕脆。「我們到茶樓去坐坐好不好？」

「求之不得！奉陪！」他說完這兩句，覺得在這種境界之下有些不文雅，靈機一動找補了兩句：「遮莫姻緣天定，故把嫦娥付少年！」

那位女士把一團棉花似的又軟又白的手腕攙住他的虎臂，一對英雄美人，挾著一片戀愛的殺氣，闖入了杏雨茶樓。

兩個選了一間清淨的茶座，要了茶點，定了定神，才彼此互相端詳。那位女士穿著一件巴黎最新式的綠嗶嘰袍，下面一件齊膝的天藍鵝絨裙。肩窩與項下露在外面，輕輕攏著一塊有頭有尾有眼睛的狐皮。柔嫩的狐毛刺著雪白的皮膚，一陣陣好似由毛孔中出甜蜜的乳香。腕上半個銅元大的一支小金錶，繫著一條蜈蚣鎖的小細金鏈。足下肉色絲襪，襯著一雙南美洲響尾蛇皮作的尖而秀的小皮鞋。頭上摘下捲沿的玫瑰紫跳舞帽，露出光明四射的黑髮，剪的齊齊的不細看只是個美男子，可是比美男子還多美著一點。笑一笑肩膀隨著一顫；咽一口香唾，臉上的笑窩隨著動一動；出一口氣，胸脯毫無拘束的一大起一大落，起落的那麼說不出來的好看。說一聲「什麼？」脖兒略微歪一歪，歪的那麼俏皮；道一聲「是嗎？」一排皓齒一露，個個都像珍珠作成的。……

她眼中的趙子曰呢？大概和我們眼中的趙子曰先生差不多，不過他的臉在電燈下被紅青馬褂的反映，映得更紫了一些。

趙子曰在幾分鐘內無論如何看不盡她的美，腦中一時無論如何也想不出一個恰當的字眼來形容她。他只覺得歷年腦中積儲的那些美人影兒，一筆勾銷，全沒有她美。

「女士貴姓？」趙子曰好容易想起說話來。

「譚玉娥。我知道你，你姓趙！」她笑了一笑。

「你怎麼知道我，譚女士？」

「誰不知道你呢，報紙上登著你受傷的像片！」

「是嗎？」趙子曰四肢百體一齊往外漲，差一些沒把大襖，幸虧是新買的，撐開了綻。他心中說：「她要是看了那張報紙，難道別個女的看不見？那麼，得有多少女的看完咱的像片而憔悴死呀?!」

「我看見你的像片，我就——」譚玉娥低著頭輕輕的撚著手錶的弦把，臉上微微紅了一紅。

「我不愛你，我是水牛！不！駱駝！呸；灰色的馬！」

「我早就明白你！」

「愛情似烈火的燃燒，把一切社會的束縛燒斷！你要有心，什麼也好辦！」

趙子曰一時想不起說什麼好，只好念了兩句周少濂的新詩。

「我明白你！」譚女士又重了一句。

……

兩個談了有一點多鐘，拉著手出了杏雨茶樓。趙子曰抬頭看了看天，滿天的星斗沒有一個不抿著嘴向他笑的。在背燈影裡，他吻了吻她的手。

趙子曰翻來覆去一夜不曾合眼，嘴唇上老是麻酥酥的像有個小蟲兒爬，把上嘴唇捲起來聞一聞還微微的有些譚女士手背上的餘香。直到小雞叫了，他才勉強把眼合上：他那個小腳媳婦披散頭髮拿著一把鐵鋤趕著譚女士跑，一轉眼，王女士從對面光著襪底渾身鮮血把譚女士截住。那個不通人情的小腳娘舉起鐵鋤向譚女士的項部鋤去。他一挺脖子，出了一身冷汗，把腦袋撞在鐵床的欄杆上。他摸了摸腦袋，楞眼慌張的坐起來，窗外已露出晨光。

「好事多磨，快快辦！」他自己叨嘮著，忙著把衣裳穿好，用涼水擦了一把臉，走出旅館直奔電報局去。

街上靜悄悄的，電影園，落子館，全一聲也不響，他以為日租界是已經死了。繼而一陣陣的曉風捲著鴉片煙味，掛著小玻璃燈的小綠門兒內還不時的發散著「洗牌」的聲音，他心中稍為安適了一些，到底日租界的真精神還沒全死。

他到了電報局剛六點半鐘，大門關的連一線燈光都透不出來。門上的大鐘穩穩當當的一分一分往前挪，他看了看自己的錶，也是那麼慢，無法！太陽像和人們耍捉迷藏似的，一會兒從雲中探出頭來，一會兒又藏進去，更叫趙子曰懷疑到：「這婚事的進行可別像這個太陽一會出來，一會進去呀！」

八點了！趙子曰念了一聲「彌陀佛！」眼看著電報局的大門尊嚴而殘忍的開開了。他抱著到財神廟燒頭一股高香的勇氣與虔誠，跑進去給他父親打了個電報：說他為謀事需錢，十萬萬火急！

打完電報，心中痛快多了，想找譚女士去商議一切結婚的大典籌備事宜。

「可是，她在那兒住？」

哈哈！不知道！昨天只顧講愛情忘了問她的住址了！這一打擊，叫他回想夜間的惡夢，他拄著那條橡木手杖一個勁兒顫：「老天爺！城隍奶奶！你們要看著趙鐵牛不順眼，可不如脆脆的殺了他！別這麼開玩笑哇！」

除了哭似乎沒有第二個辦法，看了看新馬褂，又不忍得叫眼淚把胸前的團龍汙了；於是用全身的火力把眼眶燒乾，這一點自治力雖無濟於婚事的進行，可是到底對得起新買的馬褂！

「對！」他忽然從腦子的最深處擠出一個主意來：「還是找周少濂，叫他給咱算卦！誠則靈！老天爺！我不虔誠，我是死狗！那怕大約摸著算出她住在那一方呢，不就容易找了嗎？對！」

「對，對，對，對～～～」他把「對」編成一套軍樂，兩腳軋著拍節，一路黑煙滾滾，滿頭是汗到了神易大學。

神易大學已經開學，趙子曰連號房也沒通知一聲，挺著腰板往裡闖。

「老周！少濂！」趙子曰在周少濂宿室外叫。

屋中沒有人答應，趙子曰從玻璃窗往裡看，周少濂正五心朝天在床上圍著棉被子練習靜坐，周身一動也不動，活像一尊泥塑小瘦菩薩。

「妹妹的！」趙子曰低聲的嘟囔：「我是該死，事事跟咱扭大腿！」

「進——來！子曰！」周少濂挑著小尖嗓子嚷。

「我攪了你吧？」

「沒什麼，進來！」周少濂下了床把大衣服穿上。

「老周！我求你占一卦，行不行？」趙子曰用手掩著鼻子急切的說。

周少濂忙著開開一扇窗子，要不是看見趙子曰掩著鼻子，他能在那裡靜坐一天也想不起換一換空氣。

「什麼事？說！心中已知道的事不必占卜！要計畫！」周少濂一面整理被窩，一面說。所謂整理被窩者就是把被窩又鋪好，以便夜間往裡鑽，不必再費一番事。

「咳！少濂！你我同鄉同學，你得幫助——」

「有什麼了不得的事？」

「說實話吧！我昨天遇見一個姑娘，姓譚，我們要結婚。我問你，你知道她不知道？」

「姓譚？——」

「你知道她？」

「我不知道！我先告訴你一件事，」周少濂說：「閻乃伯已經告訴我，請你去教英文。你想幾時到館？」

「現在我沒工夫想那個！」趙子曰急著說。

周少濂張羅著漱口洗臉，半天沒言語。

趙子曰把眉頭皺起多高也想不起說話。

「哈哈！」周少濂一邊擦臉一邊笑著說：「我有主意啦！——」

「快說！」

「——咱們先到閻乃伯那裡去。你慢慢的和他交往，交往熟了，他就能給你辦那件事。她要是暗娼呢，他必知道——」

「她不是暗娼！女學生！」

「女學生也罷，妓女也罷，反正閻乃伯能辦！作官的最——」

「我上他家作教師，怎能和館東說這個事？」趙子曰急扯白臉的說。

「你別忙呀，聽我的！」周少濂得意揚揚的說：「作官的最尊敬娶妾立小的人們。你一跟閻乃伯說，他准保佩服你。他一佩服你，不但他給幫忙，還許越越近，給你謀個差事。你要是作了官，咱們直隸滿城縣就又出了個偉人。你看一縣裡出一個偉人，一個詩人，是何等的光榮！我的傻鄉親！」

「老周你算有根！走！找閻乃伯去！」

十　可憐女子

星期一至星期六：

上午　八時至十時　《春秋》（讀，講）　《尚書》（背誦）

十時至十二時　《晨報》（讀世界新聞）國文

下午　一時至二時　古文（背誦）

二時至三時　習字（星期一，三，五）

二時至三時　英文（星期二，四）

三時至四時　珠算，筆算

四時至五時　遊戲，體操（星期一，三，五）

四時至五時　崑曲，音樂（星期二，四）

星期日：

上午　溫讀古文經書

下午　旅行大羅天，三不管。或參觀落子館

這是閻少伯，閻乃伯議員的少爺的課程表。閻乃伯的精明強幹，不必細說，由這張課程表可以看得出來。閻乃伯議員的少爺很秀美，可是很削瘦。雖然他一星期在院子裡的磚墁地上練三次獨人的遊戲和體操。雖然他每星期到大羅天遊藝場旅行一次。閻乃伯議員有些不滿意他的少爺那麼瘦弱！

趙子曰除在閻家教書之外，晝夜奔走交際。政客，軍官，律師，議員，流氓，土棍，天天在日本租界的煙窟金屋會面。人人誇獎他是個有用之材，人人允許給他介紹闊事，人人喜歡他的金嘴埃及煙，人人愛喝他的美人牌紅葡萄酒，人人說話帶著「媽的！」人人家裡都有姨太太。這種局面叫他想起在北京的時候，左手翻著講義，右手摸白板，未免太可笑而可恥了。這種朋友的親熱與揮霍又不是京中那幾個學友所能夢見的了。

更可喜的，在閻家教書不過一個禮拜，而閻乃伯竟會把「老夫子」改成「老趙」，而且有一天晚上酒飯之後，閻乃伯居然拍著他肩頭叫了一聲「趙小子！」他暗自驚異自己的交際手腕，於這麼短的期間內，會使閻乃伯，議員，叫他老趙，甚至於更親熱的叫他趙小子！

從報紙上得到名正大學解散的消息，他微微一笑把報紙放下，這個消息和那張報紙有同樣的不值得注意。現在他把「閻乃老」「張厚翁」「孫天老」叫的順口流；什麼「歐陽」咧「老莫」咧，甚至於「王女士」咧，已經和他小的時候念的《大學》、《中庸》有同樣的生澀了。現在他口中把「政治」「運動」「地位」等名詞運用的飛熟，有時候還說個「過激黨」，什麼「爭主席」「示威」等等無意義的詞句已經成了死的言語。雖然王女士的影兒有時候還在他腦中模糊的轉那麼一轉，可是他眼前的野草閑花，較之王女士的「可遠觀而不可近玩」又有救急的功效多多了。

閻少伯把英文的二十六個字母還沒有學會，趙子曰已把譚女士的事告訴閻乃伯了。閻乃伯聽了滿口答應給他幫忙，並且稱讚他是個有來歷的青年，因為閻乃伯的意見是：「自由戀愛是豬狗的行為。嫖妓納妾是大丈夫堂堂正正的舉動。所以為維持風化起見，不能不反對自由戀愛，同時不能不贊助有志嫖妓納親的。」

糊裡糊塗的已把冬天混過去了。天津河裡的水已有些春漲了。趙子曰日夜盼譚女士的消息，可是閻乃伯總不吐確實的口話。有時候去找周少濂談一談，周少濂是一點主意沒有，只作新詩。趙子曰急得把眼睛都凹進去一些，吃飯不香，睡覺不寧，只有喝半斤白乾酒，心裡還覺痛快一些。

他一個人在同福樓京飯館吃完了飯，悶悶不樂的往旅館走。日租界的繁華喧鬧已看慣了，不但不覺得有趣，而且有些討厭的慌了。他一進旅館，號房的老頭兒趕過來低聲對他說：

「趙先生，有位姑娘在你的房裡等你。」

趙子曰點了點頭，沒說話，瘋了似的三步兩步跑到自己屋裡去。

小椅子上坐著個婦人，臉色焦黃，兩眼哭得紅紅的，身上穿著一件青襖，委委屈屈的像個小可憐兒。

趙子曰倒吸了一口旅館中含有鴉片煙味的涼氣：「你是誰？」

「譚玉娥！」她低聲的回答。

「你幹什麼來了？」趙子曰一屁股坐在床上，氣哼哼的掏出一支煙捲在嘴裡。

「難道你變了心？」譚女士用袖子抹了抹眼淚。

「誰叫你變了模樣！」趙子曰「層」的一聲劃著一根火柴，把洋煙點著，狠狠的吸了幾口。

「你肚子裡有半斤酒，我臉上加上三分白粉，你立刻就回心轉意，容易！容易！」她哭喪著臉說。

「你是怎回事，到底？」

「咳！」

「說話！我的子孫娘娘！說話！」

「趙先生！」譚玉娥很鄭重的說，「我求你來了！你是滿城人？」

「不錯！」

「我也是滿城人，咱們是鄉親，所以我來求你！」

「啊！」趙子曰聽見鄉親兩個字，心裡的怒氣消去了許多。「到底是怎回事？姑娘！」

「六年前我由家裡出來，到女子師範學校念書，咳！」譚女士好像咽了一口眼淚，接著說：「和一個青年跑到天津，我們快活的在一塊兒住了一年零三天，他，他姓趙，也姓趙，——他死了！我既沒在師範學校畢業，自然沒有資格作事；又不能回家，父母不要我；除了再嫁沒有求生的方法！再嫁是我唯一的事業！於是我淚在眼窩，笑在眉頭，去到處釣魚似的釣個男人！

「那時候，我二十五歲，我的面貌還不似這麼醜，穿上兩件衣裳還可以引動你們男人的注意！結果，我釣著一個鹽商，在我的那個趙——死後三個月中！我為衣食暖飽不能不和那個鹽商同榻，雖然我真不愛他！在他睡熟之後，我才能落幾個淚珠！可是，咳！我的命太苦了，至於圖個身上飽暖的福氣也沒有：他，那個鹽商，又被軍閥打死，財產搶個一空。我，只剩下一條命，我還得活著——」

趙子曰不知不覺的把半支煙捲扔在痰盂裡。

「我的心死了，只為這塊肉體活著，死是萬難的事！」譚玉娥歎了一口氣，接著說：「後來我遇見了一個奉軍軍官，我們又住在一處。住了不到一年，他的錢揮霍完了，直奉戰爭之後，他把差事也擱下了。他是有錢會花，沒錢便什麼事也作，不顧廉恥，不講人情的，於是他逼著我——用手槍逼著我去拆白！」

譚玉娥呆呆看著牆上的畫兒，半天也想不起往下說。

「譚——，往下說。」趙子曰的聲音柔和多了。

「他天天出去給我採訪無知的青年，叫我去引誘他們。我不必細說。一來二去輪到你的身上了，我一聽說你也是滿城人，我不忍下手了。我准知道你在這裡住，可是我始終不肯來。今天他到北京去了，我乘著這個機會來見你。我來求你，不是騙你。你能不能把我帶回家鄉去？你要我呢，我情願為婢為奴；你不要我呀，我願意回到故土去死。我一個人走不了，因為他不給我一個銅子，他怕我逃走。我那身漂亮衣服，他帶到北京去，惟恐怕我變賣了好作逃跑的路費。趙先生，你得救我！他今天夜裡就回來，你要是發善心救我，還要快辦！趙先生！」

譚玉娥說著，給趙子曰跪下了。

趙子曰一聲沒言語，把她攙起來。又點著一煙捲皺著眉想主意。

趙子曰真為難了：帶她回家，軍官不是好惹的呀！雖然我不怕打架，可是有手槍的人們不比老校長們那麼老實呀！……我應當帶她回家，她是我的鄉親！……到家怎麼辦？收她作妾，她又不真好看！真叫她回故鄉去死，於心何忍！……再說萬一帶她回家，那個軍官拿手槍找我去呢？不妥！

「譚姑娘！」趙子曰又坐在床上，手捧著腦門說：「我只能幫助你一些錢，不能帶你回家！一來我家中有妻子，二來家事我不能自己作主。我給你一些錢，你設法逃吧！我應當把你送回家去，咱們是鄉親，可是我有我的難處！譚姑娘，」他說著把皮夾掏出來：「這裡是三十塊錢，你拿去吧！」

「咳！」譚玉娥立起來，含著眼淚把錢接過去，很小心的放在衣袋裡：「趙先生，這是我的機會，我得趕緊走！以後怎麼樣，我不知道。我活著一天，不會忘了你的恩惠！咳！趙先生，半斤燒酒就能叫你把老掉了牙的婦女當作美人，一雙白臉蛋就能叫你喪掉生命！我是個沒臉的婦人，這兩句話是由無恥中得來的經驗！我無法報答你的善心，只送給你這兩句話吧！趙先生——」譚玉娥抹著淚往外走。

十一　重回公寓

中國人是最喜愛和平的，可是中國人並不是不打架。愛和平的人們打架是找著比自己軟弱的打，這是中國人的特色。軍閥們天天打老鄉民，學生們動不動便打教員，因為平民與教員好欺侮。學生們不打軍閥正和軍閥不惹外國人一樣。他們以為世界上本來沒有公理，有槍炮的便有理，有打架的能力的便是替天行道。

軍閥與學生都明白這個道理，所可怪的是他們一方面施行這個優勝劣敗的原理，一方面他們對外國人永遠說：「我們愛和平，不打架！」學生們一方面講愛國，一方面他們反對學校的軍事訓練。一方面講救民，一方面看著軍閥橫反，並不去組織敢死隊去殺軍閥。這種「不合邏輯」的事，大概只有中國的青年能辦。

外國的中學學生會騎馬，打槍，放炮。外國賣青菜的小販，也會在戰場上有條有理的打一氣。所以外國能欺侮中國。中國的學生把軍事訓練叫作「奴隸的養成」，可是中國學生天天喊「打倒帝國主義」！設若這麼一喊就真把帝國主義打倒，帝國主義早瓦解冰消了！

不幸，帝國主義的大炮與個個人都會打槍的國民，還不是一喊就能嚇退的！趙子曰是個新青年，打過同學，捆過校長，然而他不敢惹迫著譚玉娥作娼妓的那個軍官。

那個軍官是非打不可的東西！

不打，也好，為什麼不把他交法庭懲辦？嘔！趙子曰不好多事！不好多事為什麼無緣無故的打校長一頓？

趙子曰是怕事！是軟弱！是頭腦不清！他一聽兵隊兩個字，立刻就發顫，雖然他嘴裡說：「打倒軍閥！」一個野獸不如的退職軍官還不敢碰一碰，還說「打倒軍閥！」

軍閥不會倒，除非學生們能領著人民真刀真槍的幹！軍閥倒了，洋人也就把大炮往後拉了！不磨快了刀而想去殺野獸，與「武大郎捉奸」大概差不了多少。沒有「多管閒事」的心便不配作共和國民！沒有充分的軍事訓練便沒有生存在這種以強權為公理的世界的資格！

趙子曰辭了閻家的館，給周少濂寫了個明信片辭行，鮎出溜的往北京跑。怕那位軍官找他打架！

這兩個來月的天津探險，除了沒有打槍放火，其餘的住旅館，吃飯店，接吻，吸煙，趙子曰真和在電影兒裡走了一遭似的。

他坐在火車上想：

到底是京中的朋友可靠呀！閻乃伯們這群滑頭，吃我喝我，完事大吉，一點真心沒有！

也別說，到底認識了幾個官僚，就算沒白花錢！

譚玉娥怪可憐的！給她三十塊錢，善事！作善事有好報應！

……

當趙子曰在天津的時候，天台公寓的人們最掛念他的是崔掌櫃的和李順。兩個來月崔掌櫃的至少也少賣十幾斤燒酒，李順至少也少賺一兩塊錢。趙子曰雖然不斷稱呼李順為混蛋，可是李順天生來的好脾性，只記著趙子曰的好處，而忘了「混蛋」的不大受用。況且趙子曰罵完混蛋，時常後悔自己的鹵莽而多賞李順幾個錢呢。

崔掌櫃的是個無學而有術的老「京油子」。四方塊兒的身子，頂著個葫蘆式的腦袋。兩隻小眼睛，不看別的，只看洋錢，長杆大煙袋永遠在嘴裡插著：嘴裡冒煙，心裡冒壞；可是心裡的壞主意不像嘴裡的煙那樣顯然有痕跡可尋。

李順呢是長瘦的身子，公寓的客人們都管他叫「大智若愚」。因為他一吃打滷麵總是五六大紅花碗，可是永遠看不見臉上長肉。兩隻鏽眼，無論晝夜永像睡著了似的，可是看洋錢與銅子票的真假是百無一失。所以由身體看，由精神上看，「大智若愚」的這個徽號是名實相符的。

李順正在公寓門外擦那兩扇銅招牌，一眼看見趙子曰坐著洋車由鼓樓後面轉過來。他扯開嗓子就喊：「趙先生回來啦！」

這一聲喊出去，掌櫃的，廚子，帳房的先生，和沒有出門的客人，哄的一聲像老鴉炸了窩似的往外跑。搶皮箱的，接帽子的，握手的，問這兩天打牌的手氣好不好的……，問題與動作一陣暴雨似的往趙子曰身上亂濺。李順不得上前，在人群外把鎮守天台公寓一帶的小黑白花狗抱起了親了一個嘴。

趙子曰在紛紛握手答話之中，把眼睛單留著一個角兒四下裡找歐陽天風；沒有他的影兒；甚至於也沒有看見武端與莫大年。他心中一動，不知是吉是凶，忙著到了屋中叫李順沏茶打洗臉水。

「李順！」趙子曰擦著臉問：「歐陽先生呢？」

「病啦！」

「什麼？」

「病啦！」

「怎麼不早告訴我？啊！」

「先生！你才進門不到五分鐘，再說又沒有我說話的份兒——」

「別碎嘴子！他在那兒呢？」趙子曰扔下洗臉巾要往南屋跑。

「他和武先生出去了，大概一會兒就回來。」李順說著給趙子曰倒上一碗茶。

「李順，告訴我，我走以後公寓的情形！」趙子曰命令著李順。

「喝！先生！可了不得啦！了不得啦！」李順見神見鬼的說：「從先生走後，公寓裡鬧得天塌地陷：你不是走了嗎，歐陽先生，其實我是聽武先生說的，和莫先生，也是聽武先生說的，入了銀行；不是，我是說莫先生入了銀行；在歐陽跟莫先生打架以後！——」

「李順，你會說明白話不會？說完一個再說一個！」趙子曰半惱半笑的說。

「是！先生！從頭再說好不好？」李順自己也笑了：「你不是走了嗎，歐陽先生想你的出京是李景純先生的主意。所以他天天出來進去的賣嚷嚷，什麼瘦猴想吃天鵝肉咧，什麼瘦猴的屁股朝天自己掛紅咧；喝，多啦！他從小毛猴一直罵到馬猴的舅舅，那些猴兒的名字我簡直的記不清。

「乾脆說吧，他把李先生罵跑了。先生知道李先生是個老實頭，他一聲也沒言語鮎出溜的就搬了。李先生不是走了嗎，莫先生可不答應了。喝！他紅臉蛋像燒茄子似的，先和歐陽先生拌嘴；後來越說越擰蔥，你猜怎麼著，莫先生打了歐陽先生一茶碗，一茶碗——可是，沒打著，萬幸！武先生，還有我們掌櫃的全進去勸架，莫先生不依不饒的非臭打歐陽先生一頓不可！

「喝！咱們平常日子看著莫先生老實八焦的，敢情他要真生氣的時候更不好惹！我正買東西回來，我也忙著給勸，可了不得啦，莫先生一腳踩在我的腳指頭上，正在我的小腳頭上的雞眼上莫先生碾了那麼兩碾，喝！我痛的直叫喚，直叫喚！到今天我的腳指頭還腫著；可是，莫先生把怒氣消了以後，給了我一塊錢，那麼，我把腳疼也就忘了！乾脆說，莫先生也搬走了！」

李順緩了一口氣，接著說：「聽武先生告訴我，莫先生現在入了一個什麼銀行，作了銀行官，一天竟數洋錢票就數三萬多張，我的先生，莫先生是有點造化，看著就肥頭大耳朵的可愛嗎！莫先生不是走了嗎，歐陽先生可就病了，聽武先生說，——武先生是什麼事也知道——歐陽先生是急氣悶鬱；可是前天我偷偷的看了看他的藥水瓶，好像什麼『大將五淋湯』——」

「胡說！」趙子曰又是生氣又要笑的說：「得！夠了！去買點心，買夠三個人吃的！」

「先生！今天的話說的明白不明白？清楚不清楚？」李順滿臉堆笑的問。

「明白！清楚！好！」

「明白話值多少錢一句，先生？」

「到月底算帳有你五毛錢酒錢，怎樣？」趙子曰說，他知道非如此沒有法子把李順趕走。

「謝謝先生！嚇！」李順拔腿向外跑，剛出了屋門又回來了：「還有一件事沒說：武先生又買了一雙新皮鞋，嚇！」

李順被五毛錢的希望領著，高高興興不大的工夫把點心買回來。

「趙先生，武先生們大概是回來了，我在街上遠遠的看見了他們。」

「把點心放在這裡，去再沏一壺茶！」

趙子曰說完，往門外跑去。出門沒走了幾步，果然歐陽天風病病歪歪的倚著武端的胳臂一塊兒走。趙子曰一見歐陽的病樣，心中引起無限感慨，過去和他握了握手。歐陽的臉上要笑，可是還沒把笑的形式擺好又變成要哭的樣子了。兩個人誰也沒說話，趙子曰楞了半天，才和武端握手。武端用力跺了跺腳，因為新鞋上落了一些塵土；然後看了趙子曰一眼。趙子曰的精神全貫注在歐陽的身上，沒心去問武端的皮鞋的歷史。於是三個人全低著頭慢慢進了第三號。

「老趙你好！」歐陽天風委委屈屈的說：「你走了連告訴我一聲都不告訴！我要是昨天死了，你管保還在天津高樂呢！」

「我沒上天津！」趙子曰急切的分辯：「我回家了，家裡有要緊的事！」

「你猜怎麼著？」武端看著趙子曰的皮箱說：「要沒上天津怎麼箱子上貼著『天津日華旅館』的紙條？」

「回家也罷，上天津也罷，過去的事不必說！我問你，」趙子曰對歐陽天風說：「你怎麼病了？」

「李瘦猴氣我，莫胖子欺侮我！他們都是你的好朋友，我這個窮小子還算什麼，死了也沒人管！」

「老李入了京師大學，莫大年入了天成銀行，都有秘密！」武端說：「連你，你猜怎麼著？你上天津也有秘密！」

「我不管別人，」趙子曰拍著口說：「反正我又回來找你們來了！你們拿我當好朋友與否，我不管，反正我決不虧心！」

「老武！」歐陽天風有氣無力的對武端說：「不用問他，他不告訴咱們實話；可是，他也真許回家了，從天津過，住了一夜。」

「就是！我在日華旅館住了一夜——其實還算不了一夜，只是五六點鐘的工夫！歐陽，你到底怎樣？」

「我一見你，心中痛快多了！肚子裡也知道餓了！」

「才買來的點心，好個李順，叫他沏茶，他上那兒玩去啦！李——順！」

「嗻！——茶就好，先生！」

十二　說和

已是陰曆三月初的天氣，趙子曰本著奮鬥的精神還穿著在天津買的那兩件未出「新」的範圍的衣裳，在街上緩步輕塵的呼吸著鼓蕩著花香的春風。駝絨大襖是覺著有些笨重發燥了，可是為引起別人的美感起見，自己還能不犧牲一身熱汗嗎！

他進了地安門，隨意的走到南長街。嫩綠的柳條把長寬的馬路夾成一條綠胡同，東面中央公園的紅牆，牆頭上露出蒼綠的松枝，好像老松們看膩了公園而要看看牆外的景物似的。牆根下散落的開著幾朵淺藕色的三月藍，雖然只是那麼幾朵小花，卻把春光的可愛從最小而簡單的地方表現出來。路旁賣水蘿菠的把鮮紅的蘿菠插上嬌綠的菠菜葉，高高興興的在太陽地裡吆喚著春聲。這種景色叫趙子曰甚至於感覺到：「在天津日租界玩膩了的時候，倒是要有這麼個地方換一口氣！」

他一面蹓躂，一面想：我總得給老莫和歐陽們說和呀！我走這麼幾天，這群小兄弟們就打架，我作老大哥的不能看著他們這樣犯心呀！還就是我，壓得住他們；好！什麼話呢，趙子曰不敢說別的，天台公寓的總可以叫得響，跺一跺腳就把全公寓震個顫！……對！找老莫去，得給他調解！這群小孩子們，啰！

想到這裡，不由的精神振作起來，掏出手巾擦了擦臉上的汗，然後大模大樣的喊過一輛洋車到西交民巷天成銀行去。

到了銀行，把名片遞進去，不大的工夫莫大年出來把趙子曰讓到客廳去。莫大年的樣子還是傻傻糊糊的，可是衣裳稍微講究了一些；幸而他的衣服華美了一點，不然趙子曰真要疑心到莫大年是在銀行當聽差，而不是李順所謂的銀行官了。這次不是趙子曰長著兩隻「華絲葛眼睛」而以衣服好壞斷定身分的高低，而是「人是衣服馬是鞍」的哲學叫他不願意看見莫大年矯揉造作的成個「囚首喪面」的「大奸慝」！

「老莫！抖哇！」趙子曰和莫大年親熱的握著手不忍分開：「不出三年你就是財政總長呀！好老莫！行！有勁！」

「別俏皮我，老趙！你幾時回來的？」莫大年問。

「回來有些天了，想不到公寓的朋友會鬧得七零八落！」趙子曰說著引起無限感慨：「今天特意來找你，給你們說和說和，傻好的朋友，幹什麼犯意見呢！」

「你給誰說和，老趙？」

「你和歐陽天風們！小兄弟們，老大哥不在家幾天，你看，你們就打架！」趙子曰笑著說。

「別人都好說，唯獨歐陽天風，我恨他到底！」莫大年自來紅的臉又紫了。

「老莫，小胖子！別這麼說，」趙子曰掏出煙捲給了莫大年一支，自己點上一支。「這不像銀行老闆的口吻！」

「老趙，別挖苦我！」莫大年懇切的說：「關於王女士的事是我告訴你的不是？可是從你走後，歐一天到晚罵老李！老李委委屈屈的搬走，我能看得下去不能？再說，歐陽要是沒安著壞心，為什麼你一走，他就疑心到有人告訴了你和王女士的事？老趙，你我是一百一的好朋友，你愛歐陽，不必強迫我！我老莫是傻老，我說不出什麼來，反正一句話說到底，我不願意再見歐陽！」

「你看，小胖子！剛入了銀行幾天就長行市！別！你得賞我個臉！」趙子曰一半嘲弄一半勸導著說：「我們，連歐陽在內，全不是壞人，可是都有些小脾氣；誰又不是泥捏的，可那能沒些脾氣！是不是，小胖子？你不願和他深交呢，拉倒；可是你得看在我——你的老大哥——的臉上，到一處喝盅酒，以後見面好點頭說話！相親相愛才是『德謨克拉西』的精神，不然，我可要叫你『布耳札維克』了！『布耳札維克』就是『二毛子』的另一名詞！哈哈！」

「我問你，」莫大年有些活動的意思了：「你給我們調解，有老李沒有？」

「啊？老李？」趙子曰仰著臉看天花板上的花紋，想了半天：「說真的，老莫，我真怕他！不但我，人人怕他，他要是在這裡，我登時說不出話來！」

「那麼，你不請他？」莫大年釘了趙子曰一眼。

「不請他比請他好——」

「乾脆說吧，老趙！」莫大年搶著說：「有老李我就去，誰叫你有這番好心呢；沒老李我也不去！老李是可怕，傻好人是比機靈鬼可怕——」

「我也沒說老李是不好人哪！」

「——我告訴你老趙，咱們這群人裡，老李算第一！學問，品行，見解，全第一！要不是他勸告我，我還想不起入銀行來學習一種真本事！我佩服他！他告訴我的話多了，我記不清，我只記得幾句，這幾句我一輩子忘不了！他說：打算作革命事業是由各方面作起。學銀行的學好之後，便能從經濟方面改良社會。學商業的有了專門知識便能在商界運用革命的理想。同樣，教書的，開工廠的，和作其他的一切職業的，人人有充分的知識，破出命死幹，然後才有真革命出現。各人走的路不同，而目的是一樣，是改善社會，是教導國民；國民覺悟了，便是革命成功的那一天。設若指著吹氣冒煙，腦子裡空空如也，而一個勁說革命，那和小腳娘想到運動會賽跑一樣，無望，夢想！這是他說的，我自然學說不清，大概就是這個意思。我越想這個話越對，所以我把一切無理取鬧的事擱下，什麼探聽秘密咧，什麼亂嚷這個主義那個問題咧，全叫瞎鬧！老李是好人，是明白人！老趙！還是那句話，你不請老李我也不去！老趙，對不起！我得辦事去，」莫大年立起來了：「怎樣給我們說和我聽你的，可是得有老李！」

「那麼，你今天能不能同我出去吃飯？」趙子曰也立起來了。

「對不起！銀行的規則很嚴，因為經理是洋人，一分一釐不通融，隨意出去叫作不行！等著我放假的日子，咱們一塊兒玩一玩去。再見，老趙！」

莫大年說完，和趙子曰握了握手便走進去，並沒把趙子曰送出來。

趙子曰心中有些不高興，歇裡歇鬆的往外走，一旁走一邊歎息：「小胖子瘋了！叫洋人管得筆管條直！哼！」

趙子曰軟軟的碰了莫大年一個小釘子，心中頗有惱了他的傾向；繼而一想，莫胖子到底有一股子牛勁，不然，他怎能進了洋人開的銀行呢；這麼一想，要惱莫大年的心與佩服他的心平衡了；於是自己嘟囔著：「為什麼不顯著寬宏大量，不惱他呢！」

至於給他們調解的進行，他覺得歐陽天風和李景純是各走極端，沒有「言歸於好」的可能。如果把他們約到一處吃吃喝喝，李景純，設若他真來了，冷言冷語，就許當場又開了交手仗。這倒要費一番工夫研究研究，誰叫熱心為朋友呢，總得犧牲！

他回到公寓偷偷的把武端叫出來：

「老武，來！上飯館去吃飯，我和你商議一件事！」

「什麼事？」武端問。

「秘密！」

聽了秘密兩個字，武端像受了一嗎啡針似的，抓起帽子跟著趙子曰走，甚至於沒顧得換衣裳。到了飯館，趙子曰隨便要了些酒菜，武端急於聽秘密，一個勁兒催著趙子曰快說。

「別忙！其實也不能算什麼秘密，倒是有件事和你商議。」

「那麼，你冤了我？」武端很不高興的問。

「要不告訴你有秘密，你不是來的不能這麼快嗎！」趙子曰笑了：「是這麼一回事：我剛才找老莫去啦，我想給你們說和說和。喝！老莫可不大像先前那樣傻瓜似的了，入了銀行沒幾天，居然染上洋派頭了——」

「穿著洋服？」武端插嘴問。

「——倒沒穿著洋服，心裡有洋勁！你看，不等客人告辭，他站起來大模大樣的說：『對不起！我還有事，改天見！』好在我不介意，我知道那個小胖子有些牛脖子。至於給你們說和的事，小胖子說非有老李不可。老武你知道：歐陽和老李是冰炭不能同爐的，這不是叫我為難嗎！我不圖三個桃兒兩個豆兒，只是為你們這群小兄弟們和和氣氣的在一塊，看著也有趣不是？我還得問你，老莫好像是很恨歐陽，我猜不透其中的秘密，大概你知道的清楚？」

「鬧了半天你是問我呀？好！聽我的！」武端把黃臉一板。心中秘密越多，臉上越故意作出鎮靜的樣子來。好像戲台上的諸葛亮，臉上越鎮靜，越叫人們看出他揣著一肚子壞：「先說我自己：我和誰都是朋友，你猜怎麼著？老莫和歐陽打架，並不是和我，而且我還給他們勸解來著，歐陽呢，我天天陪著他上醫院；老莫呢，我們也不短見面；老李呢，我雖然不特意找他去，可是見面的時候點頭哈腰的也不錯。打聽秘密是我的事業，自然朋友多不是才能多得消息嗎！所以，你要給他們調停，我必去，本來我就沒和他們決裂。至於歐陽和老莫的關係，我想：歐陽是恨老李與王女士的關係，而老莫是一時的氣粗，決不是老莫成心和歐陽搗亂。這個話對不對，還待證明，我慢慢的訪察，自有水落石出的一日。老李呢，我說實話，他和王女士真有一腿；自然這也與我無關，不過我盡報告秘密的責任！你猜——」

「那麼，你除了說秘密，一點辦法沒有？」趙子曰笑著問。

「有辦法我早就辦了，還等你?!」

「我已經和老莫說的滿堂餡兒的，怎麼放在脖子後頭不辦？」趙子曰問。

「沒辦法就不辦，不也是一個辦法嗎？」武端非常高興的說：「日後見著老莫，你就說：老李太忙沒工夫出來，歐陽病還沒好，這不完了?!」

「對！」趙子曰如夢方醒，哈哈的笑起來：「管他們的閒事！來，喝酒！」

談話的美滿結果把兩個人喝酒豁拳的高興引起來；喝酒豁拳的快樂又把兩個人相愛的熱誠引起來。於是，喝著，豁著，說著，笑著，把人世的快樂都放在他們的兩顆心裡。

「老趙！」武端親熱的叫著：「你是還入學呀，是找事作？」

「不再念書！」趙子曰肯定的說。

「你猜怎麼著？我也這麼想，念書沒用！」

「同志！來，喝個碰杯！」

兩個人吃了個碰杯。

「找什麼事，老趙？」

「不論，有事就作！」

「排場總得要，不能說是個事就作？」

「自然，我所謂的事是官事！作買賣，當教員，當然不能算作正當營業！」

「你猜怎麼著？我也這麼想，就是作官！作官！」

「同志！再要半斤白乾？」

「奉陪！你猜——」武端噗哧的一聲自己笑出來：既然說了「奉陪」，幹什麼還用說「你猜怎麼著」呢。

兩個人又要了半斤白乾酒。

「老趙！我想起來了，有一件事你能作，不知你幹不幹？」武端問。

「說！自要不失體統我就幹！」趙子曰很慎重的說。

「這件事只是你能作！」武端誠懇而透著精明的樣子說：「現在有些人發起女權發展會，歐陽也在發起人之中，他們打算唱戲籌款，你的二簧唱得好，何不加入露露頭角！我去給你辦，先入會，後唱戲，你的事就算成功了！」

「怎麼？」趙子曰端著酒杯問。

「你看，偉人，政客，軍官，他們的太太，姨太太，小姐，那個不喜歡聽戲。」武端接著說：「你一登台，立下了名譽，他們是趕著巴結你。自然你和他們打成一氣，作官還不容易嗎！我是沒這份本事，我只能幫助你籌備一切。你看，你要是掛著長鬍子在台上唱，我穿著洋服在台下招持，就滿打一時找不到事，這麼玩一玩也有趣不是？再說，一唱紅了，作官是易如反掌呢！你看楊春亭不是因為在內務總長家裡唱了一齣《轅門斬子》就得了內務部的主事嗎！你猜——」武端每到喘氣的時候總用個「你猜怎麼著」，老叫人想底下還有秘密不敢插嘴。

「可是唱戲也不容易呀！」趙子曰是每逢到武端說「你猜怎麼著」就插嘴，這有點出乎武端意料之外。

「我管保說，」武端極誠懇的說：「你的那幾嗓子比楊春亭強的多；他要能紅起來，你怎麼就不能？你猜——」

「製行頭，買髯口，都要一筆好錢呢！」

「不下本錢還行啊？可是這麼下一點資本比花錢運動官強：因為即使失敗，不是還落個『大爺高興』嗎！」

「誰介紹我入會？」趙子曰心中已贊成武端的建議。

「歐陽自然能給你辦！」

「好！快吃！吃完飯找他去！」

十三　女權發展會

歐陽天風一清早就出去了，留下話叫趙子曰和武端千萬早些赴女權發展會的成立大會去。趙子曰起來之後和武端商議赴會的一切籌備事項。

籌備事項之中當然以穿什麼衣服為最重要，因為他們是要赴「女」權發展會。武端是取「洋服主義」，大氅雖然穿著有點熱，可是摺好放在胳臂上，豈不是「有大氅不穿而放在胳臂上，其為有大氅也無疑」嗎！可是趙子曰的駝絨大襖不能照這麼辦，（這是華服不及洋服的一點！）要穿夾袍吧，又沒有駝絨大襖那麼新鮮漂亮。

他搓拳跺腳的一個勁兒叨嘮：「這怎麼好?!這怎麼好?!」

「穿上夾袍，」武端建議：「胸前帶上個小紅緞條，寫上：『有好大襖，沒穿。』豈不是全包括住了嗎！」

「可是『沒穿』的範圍太寬呀，」趙子曰皺著眉，搖著頭說：「人家知道我把大襖是放在箱子裡，還是寄放在當鋪裡，不妥！」

「冒下子險！」武端又想了半天才說：「來個『華絲葛大衫主義！』雖然脫了棉袍就穿大衫有點冷，可是你的身體強壯，還怕冷嗎！再說，你猜怎麼著？心中有一團增加體面的熱力，冷氣也不容易侵進來！是不是？」

「幹！」趙子曰歎了一口氣：「死了認命！都是那個該死的爸爸不給我寄錢！反正我要是凍死，在閻王爺面前也饒不了他個老東西！有生髮油沒有？老武！」

「有！要香水不要？」武端很寬宏大量而親熱的問。

「要！香香的！不然，一身臭汗氣在女權會裡擠來擠去，不叫她們給打出來才怪！」

武端忙著把生髮油，花顏水拿來。趙子曰先把頭髮梳的晶光瓦亮（琉璃瓦），然後大把的往臉上捧花顏水。把臉上的糟面疙瘩殺的生疼，他裂著嘴堅持到底的用力往臉上搓。直搓得血筋亂冒，才下了「適可則止」的決心。然後啟鎖開箱往出必恭必敬的請華絲葛大衫。

武端把大氅摺好，綢子裡兒朝外，放在左臂上。右臂插在趙子曰肘下，兩朵香花似的從天台公寓出發。

翠藍的天上掛著幾片灰心白邊的浮雲，東來西去的在天上浮蕩著。兩個人坐在車上，全仰著頭細觀天象。那幾塊浮雲一會兒擠到一塊把太陽遮住，武端擦著汗樂了；一會兒你推著我，我擁著你的散開，趙子曰挺起胸膛噗哧的一笑。這樣，一個盼著天陰，一個希望天晴，心意不同而目的一樣的到了湖廣會館。

會館門外紮著彩牌，用紙花結成的四個大字：「女界萬歲」。

時候還早，除了主事的幾位男女忙著預備一切，會場上還沒有幾個人。趙子曰往四下裡看，找不到歐陽天風。他只好和武端坐在一條凳子上閒談。會場寬大，坐定之後，趙子曰覺得有些冷颼颼的。他問武端：

「你熱不熱，老武？」

「有些發燥呢！」

「把大氅給我，我——給你拿著！」

兩個人正在交涉大氅的寄放問題，歐陽天風滿頭是汗的跑進來。

「歐陽！」趙子曰立起來叫：「你怎麼倒來晚了？」

「老趙，你過來！」歐陽天風點手往外叫趙子曰。武端也隨著立起來，跟著趙子曰往外走。走到會場外的大門夾道，歐陽對趙子曰低聲的說：「你坐在講台下第一排凳子上，把帽子放在旁邊占下一個空位。回頭王女士來，我把她領到你那裡去！老武！」歐陽天風回頭叫武端，武端急於要聽秘密，把笑臉遞過來。歐陽說：「今天你得幫忙，別坐在那裡不動！」

「叫我作什麼？」武端笑著問。

「招待員！來，跟我拿標幟去！」

武端的洋服主義就是胸前插著一朵紅花，聽歐陽天風這樣說，他樂得心裡都像瘋了似的；若不是極力的壓制收斂，當時就得吐一口鮮血。

趙子曰不管他們，忙著跑回會場，坐在第一排凳子上，把帽子放在旁邊。他一心秉正的禱告著：她可快來呀！把什麼作主席，當招待的光榮全忘去，恭恭敬敬的坐在那裡等著她。

歐陽天風和武端都胸前掛上紅花，出來進去的走。武端把全身的重力放到腳踵與腳尖上去，把皮鞋底兒軋得吱吱的響。

快十一點鐘了，趙子曰已經規規矩矩的在那裡坐了四十分鐘，會場中人漸漸多起來。趙子曰一手按著他的帽子，一面扭著脖子往外看：凡是一對男女一塊兒進來的，總叫他心裡一跳；繼而一看不是歐陽與王女士，又叫他心裡一酸。無意中把脖子扭的角度過大，看見背後隔著幾條凳子坐著李景純。趙子曰忙著把頭回過來，呆呆的看著講台上的黑板。這樣有幾分鐘，他覺得這個「不扭脖子主義」有些不可能。於是又試著慢慢向後扭，還沒扭到能看見後面的程度，早就把笑容在臉上畫好，輕輕的叫了一聲：

「老李！」

「老趙！」李景純點了點頭。「你好嗎？老沒見！」

「可不是老沒見！你胖了，老李！」

「是嗎？」

「胖多了！」

「老趙你不冷嗎，穿這麼薄？」李景純誠懇的問。

「不冷，還熱呢！」說著，趙子曰打了個冷戰。「你看，還打『熱』冷戰呢！哈哈！你是會員不是，老李？」

「不是！」

「怎麼不入會？我可以介紹你入會！」

「看一看，看清楚了再決定入會不入。」

兩個人的談話無法再繼續了。

趙子曰一隻眼睛無多有少的瞭著李景純，一隻眼睛聚精會神的往外望：歐陽天風在會場門口穿梭似的活動，只是看不見王女士的影兒。好容易歐陽天風往裡走了幾步，趙子曰立起來把嘴撅起多高向他努嘴。

「她就來，別急！」歐陽天風跑過來低聲的說，說完又跑出去。

會場中男男女女差不多坐了，在唧唧喳喳說話中間，外面嘩啷嘩啷振了鈴。歐陽天風又跑過來低聲告訴趙子曰。

「舉魏麗蘭女士作主席！」

「那個是？」

「那個！」歐陽天風偷偷的用手向台右邊一指：「那個穿青衣裳的！」

「喝！我的媽！」趙子曰一眼看到那位預來的主席，把舌頭伸出多長一時收不回去。「我說，這麼醜的傢伙作主席，我可聲明出會！」

「別瞎說！」歐陽天風輕輕打了趙子曰一下又走出去，沿路向會員們給魏女士運動主席。

說真的，魏女士長的並不醜，不過沒有什麼特別嬌美的地方就是了。圓圓的臉，濃濃的眉，臉上並沒擦著白粉。身量不矮，腰板挺著，加以一身青色衣裙，更把女子的態度丟失了幾分。趙子曰雖然是個新青年，他的美的觀念，除了憎嫌纏足以外，並不和讚美櫻桃口楊柳腰的古人們有多大分別。況且他赴女權會的目的是在看女人，看豔美嬌好的女人，所以他看見魏女士的樸素不華，不由的大失所望了！

鈴聲停止，台下吵嚷著推舉主席：台下嚷的是舉魏麗蘭女士作主席，往台上走的也正是「魏麗蘭」三個字的所屬者那位女士。趙子曰把頭低下不敢仰視，他後悔忘了把墨色的眼鏡帶來。

主席正在報告發起的原因及經過，歐陽天風又過來對趙子曰說：

「張教授回來要演說，挑他的縫子往下趕他！」

「那好辦！到底她來不來？」趙子曰低聲而急切的問。

「來！就來！」

主席報告完了，請張夢叔教授演說。張教授上了台，他有四十上下的年紀，黃淨臉，長秀的眉，慈眉善目的頗有學者的態度。

「女權發展會可叫男人演講，豈有此理！」趙子曰旁邊坐著的一個青年學生說。

「等挑他的毛病，往下趕他！」趙子曰透著十分和氣的對那個青年說。

「諸位男女朋友！今天非常榮幸，得與女權發展會諸同志會面。」張教授和聲悅色的說，聲音不大而個個字說的清楚好聽：「……從前女子的事業不過是烹調，裁縫——」

「你胡說！」場中一位女士立起來，握著小白拳頭嚷：「什麼『裁縫』？我們女子學『紉縫』，裁縫是什麼東西——」

「打他！打！」趙子曰喊。

「裁縫與縫紉，」場中一個男人立起來雄猛而嚴重的說：「據我看，並沒有什麼分別。難道作衣服只縫不裁？或者裁縫這個名詞還比縫紉強呢！再說，張教授說的是『從前的女子事業』，我請這位女士聽明白了再說話！」

這幾句話頗惹起一部分人的歡迎，鼓掌的聲音雖不像個雷，也不減於一片爆竹的爆發。張教授含笑向大家點了點頭繼續講：

「——女權的得到不是憑空說的，在歐戰的時候，英國女子代替男子作一切事業，甚至於火車站上扛東西卸貨物全是女子去作。那麼，戰後女子地位的增高與發展是天然的，因為她們真在社會上盡了職，叫男人們無從輕視她們。至於我們的女子事業，我實在不敢說是已經發達，倒是要說簡直沒有女子事業——」

「這是侮蔑中華女界！」後面七八位女士一齊扯著尖而悍的嗓子喊：「怎麼沒有女子事業？我們這幾個女子就是作女教員的！啊？——」

「下去！打！打他！」趙子曰拚著命的喊。跟著他立起來把衣袋中的一把銅元，嘩喇一聲向台上扔去。主席往外退了幾步，男的爭著往台上跑，女的就往場外逃，亂成一團。

張教授被幾個朋友圍住，趙子曰們不得下手，於是把「打他」改為「把他逐出去！」張教授隨著幾個朋友一聲沒言語走出去。

主席定了定神。又請陳騷教授演說。台下的人們還沒聽清楚，陳教授已跳上台去，向人們深深鞠了一躬。

「諸位男女同志！」陳騷教授霹靂似的喊了一聲，把會場中的喧嘩會一下子壓下去：「從人類歷史上看，女子對於文化進展的貢獻比男子多，因為古代歷史上的記載全是女權比男權大，這是事實！」

台下鼓掌延長至三分鐘。

「現在的社會組織，看著似乎男子比女子勢力大，其實不然，我試問在場的兩個問題：第一，沒有女子，可有家庭，可有社會，可有國家，可有人類？——」

「沒有！」台下驚天動地的喊。

「第二，」陳教授瞪著眼睛喊：「可有幾個男子不怕老婆的？」

「沒有！」台下女的一齊喊。只有一個男子嚷了一聲：「我就不怕！」

「你不怕？」陳教授笑著問：「你根本不知道尊重女權！」

「哈拉！哈拉！」台下女的跺著腳喊。鼓掌的聲音延長至十分鐘，不能再叫陳教授說話，也好，陳教授鞠了一躬下去了。

陳教授忽然下台，主席只好宣佈選舉會長職員。會員們全領了票紙，三五成群的商議著舉誰好。女會員們想不起舉誰，而一個勁兒的罵會中預備的鉛筆不好使。

趙子曰把票放在票匭裡，不等聽選舉結果就往外跑。

「老趙！」武端在門口伸著大拇指向趙子曰說：「你算真行！」

「歐陽呢？」趙子曰問。

「他走了，和一個軍官的兒子叫賀金山的吃飯去了！」

「好，這小子把我冤了！」趙子曰歎了一口氣。

「怎麼？」

「王女士沒來！」

「你沒看見李景純嗎？」武端賊眉鼠眼的問：「他來，她就不能來！你猜——」

十四　王佐斷臂

凡是抱著在社會國家中作一番革命事業的，「犧牲」是他的出發點，「建設」是他最後的目的，而「權利」不在他的計較之內。這樣的志士對於金錢，色相，甚至於他的生命全無一絲一毫的吝惜；因為他的犧牲至大是一條命，而他所樹立的至小是為全社會立個好榜樣，是在歷史上替人類增加一分光榮。

趙子曰是有這種精神的，從他的往事，我們可以看出：以打牌說吧，他決不肯因為愛惜自己的精神而拒絕陪著別人打一整夜。他決不為自己的安全，再舉一個例，而拒絕朋友們所供獻給他的酒；他寧叫自己醉爛如泥，三天傷酒吃不下去飯，也不肯叫朋友們撅著嘴說：「趙子曰不懂得交情！」

這種精神是奮鬥，犧牲，勇敢！只有這種精神能把半死的中國變成虎頭獅子耳朵的超等強國，那麼，趙子曰不只是社會上一時一地的人物，他是手裡握著全中國的希望的英雄。

什麼是犧牲的對象？忠君？愛父母？那都是一百年前的事！那些事的範圍都是狹小的！趙子曰是迎著時代走的，隨著環境變的，他的犧牲至少也是為討朋友們喜歡，博得社會上的信仰；比如拚命陪著朋友們吃酒，挨著凍穿華絲葛大衫，都是可注意的，有價值的事實。自然，這樣的事實不能算他的重要建設，可是以小見大這幾件小事不是沒有完全瞭解新思潮的意義的人們所能辦到的。

有了這樣嶄新的見解，然後才能捉住一個主義死不鬆手，而絕對的犧牲，而堅持到底，而有往風濤上硬闖的決心！所以，有時候我們看趙子曰的意見與行事似乎有前後不一致的樣子，其實那根本是我們不明白：什麼叫絕對犧牲，什麼叫堅持到底。

我們要是明白這些，細心的從他的主義與行事的全體上來解剖，我們當時可以見出他的前後矛盾的地方正是他有時候不能不走一段歧路而求最後的勝利。以他捆校長和他不再念書說吧，我們不留心看總以為他是荒唐；可是，我們在下這個判斷以前，應當睜大了眼睛看：為什麼捆校長？為什麼不再念書？假如我們想出：捆校長是為打倒學閥，愛護教育；不再念書是為匀出工夫替社會作革命事業；那麼，這是不是他有一定的主義與堅定不撓的精神？

如此，趙子曰說「西」，我們該往「東」看；趙子曰今天說「是」，我們應當明天在「不」那裡等著他。東就是西，西就是東，今天的「是」裡有個明天的「不是」，明天的「不是」便有個今天的「是」。這才是真能隨著環境走而不失最終目的的人物，這才是真能有出奇制勝隨機應變的本事。在我們沒有明白「是」中的「不是」，「不是」中的「是」以前，我們不應當隨便下斷語來侮蔑這樣的英雄；我們不應當用我們狹陋的心來猜測趙子曰的驚風不定，含蘊萬端的心意與計畫。

又說回來了：趙子曰的為國為民犧牲一切是可佩服的。現在，他要替女權發展會犧牲色相，唱戲募捐了。

夜間，趙子曰把打牌的時間縮短，有時候居然在三點鐘以前就去睡覺，以便保養嗓子。早晨，提著一團精神不到九點鐘就起來，口也不漱到城外護城河岸去溜嗓子。沿著河岸一面走一面喊：「啊——哦——兒嚇啊——，」把河中的小魚嚇得都不敢到水皮兒上來浮，葦叢中的青蛙都慌著往水裡跳。直喊到他口燥喉乾，心中發空，才打道進城回公寓。

趙子曰所預備的戲是《八大鎚》，《王佐斷臂》。

第三號的地上墊上三尺多厚的麻袋，又鋪上三層地氈。沒黑帶晚，那時高興那時第三號主人就從床上脊背朝下往地上硬摔，學著古人王佐的把胳臂割下來還鬧著玩似的摔個「搶背」。東牆上新安上一面大鏡，摔完「搶背」，手裡拿著割下來的那隻臂，（其實是一木棍。）向著鏡子搖頭聳鼻的哆嗦一陣，一邊哆嗦，嘴裡一邊念：「嗆，嗆，嗆，吧嗒嗆。」正和古人哆嗦的時候也有樂器隨著分毫不差。

有時候他掛上三尺來長的，吃飯現往下摘，吐唾沫現往起撩的黑鬍子，足下穿上三寸多厚的粉底高靴，向著鏡子朝天的扭。嗆！一摸鬍子。噠！一甩袖。嗆噠！一拐腿腕向前扭一步。這樣從鑼鼓中把古人的一舉一動形容得維妙維肖。

離登台之期將近！除了掛鬍子，穿靴子之外，他頭上又紮上了網巾。網巾紮好：把眉毛吊起多高，眼睛擠成兩道縫，而且腦門子發僵，有些頭昏眼花。可是，他咬著牙往下忍，誰叫古人愛上腦箍呢，唱戲的能不隨著史事走嗎？犧牲的真精神？

裝束已畢，把一床被子掛在八仙桌前當台簾，左手撩袍，右手掀被子，口中一聲：「瓜——嗆！」他輕脆的往外一步跨出來。走了兩步，然後站住耍眼珠，眼珠滴溜亂轉約有半分鐘的工夫，才又微微點了點頭。點完了頭，用雙手的大拇指在整副的黑鬍子邊兒上摸了一摸；因為古人的鬍子是只運動邊部而不動中心的。然後欲前而橫的擺了兩步，雙手輕輕正一正冠，口中「喋！喋！」學著小鑼的聲音，古人正冠的時候總是打兩下小鑼的。

這樣練習了幾次，然後自拉自唱的仿效著古人的言語聲調。原來古人的言語是一半說一半唱。或者說：言語與歌唱沒有分別。歡喜也唱，悲哀也唱，打架也唱，拌嘴也唱。老太太也唱，小小子也唱，大姑娘也唱，小妞兒也唱。而且無論白天黑夜想唱就唱，甚至於古代的賊人在半夜裡偷東西的時候，也是一面偷一面唱。歌唱以前往往先自己道一個姓名，這個理由直到現在才有人明白：據心理學家說，中國古代的人民腦子不很好，記憶力不強，所以非自己常叫著自己的姓名不可；不如此，是有全國的人們都變成「無名氏」的危險。

趙子曰私下用了七八天的工夫，覺得有了十二分的把握。於是把歐陽天風，武端和旁的兩三位朋友請過來參觀正式演習。

「諸位，床上站著！」趙子曰掛著長鬍在被子後面說：「地上是我一個人的戲台！先唱倒板，唱完別等我掀簾，你們就喊好兒！『迎頭好』是最難承受，十個票友倒有九個被『迎頭好』給嚇回去的。有多大力量用多大力量喊，聽見沒有？」

吩咐已畢，他在被子後面唱倒板：「金烏墜……玉兔東……上哦……哦……哦——」

「好哇！」大家立在床上鼓著掌扯開嗓子喊。

「嗆——嗆！」趙子曰自己念著鑼鼓點，然後輕脆的一掀被子，斜著身扭出來。

「好！好！」又是一陣喝彩。

趙子曰心中真咚咚的直跳，用力鎮靜著，摸鬍子，正帽子，耍眼神，掀起鬍子吐了一口唾沫，又用厚底靴把唾沫搓乾，一點過節也沒忘。然後唱了一段原板二簧。唱完了把藍袍脫下，武端從床上跳下來，幫助王佐換上青袍。王佐等武端又上了床，才把一口木刀拿起來往左臂上一割。胳臂割斷，跳起多高，一個鷂子翻身摔了下去。然後「瓜噠瓜噠」慢慢往起爬，爬起來，手裡拿著那隻割下來的胳臂，頭像風車似的搖了一陣。……

該唱的唱了，該說的說了，該摔的摔了，該哆嗦的哆嗦了；累得趙子曰滿身是汗，呼哧呼哧的。歐陽天風跳下來給他倒了一碗開水潤潤嗓子。

「怎樣，諸位？」趙子曰一面卸裝一面問。

「好極了！你算把古人的舉動態度琢磨透了！」大家爭著說。

「好，日夜咂摸古人的神氣，再不像還成呀！」趙子曰驕傲自足的一笑。

「『真』就是『美』，」內中一位美術院的學生說：「因為你把古人的行動作真了，所以自然觀著美！你那一摸鬍子，一甩袖子，紗帽翅一顫一顫的動，叫我沒法子形容，我只好說真看見了古人，真看見了古代的美！」

「老武！腔調有走板的沒有？」趙子曰聽了這段美術論，心中高興極了，可是還板著面孔，學著古人的「喜怒不形於色，」故意問自己有無欠缺的地方。

「平穩極了！」武端說：「你猜怎麼著。就是『岳大哥』的『岳』字沒有頓住，滑下去了！是不是？」

「那看那一派！」歐陽天風撇著小嘴說：「譚叫天永遠不把『岳』字頓住！」（歐陽天風到北京的時候，譚叫天早已死了！譚叫天到上海去的時候，歐陽天風還不懂什麼叫聽戲！）

「到底是歐陽啊！——」趙子曰點頭咂嘴的說：「老武！你的二簧還得再學三年！」

「先別吹騰！」歐陽天風笑著說：「那頂紗帽不可高眼！」

「怎麼？」

「差著兩盞電燈！」歐陽天風很得意的說：「你看，人家唱《秋胡戲妻》的時候，桑籃上還有電鈴，難道你這個王佐倒不如秋胡的媳婦闊氣？不合邏輯！」

「安上電燈，萬一走了電，王佐不但斷了臂，也許喪了命哇！」趙子曰很慎重的說：「小兄弟！別出主意！」

「黃天霸，楊香五的帽子上現在全有電燈，就沒有一個死了的，你為什麼單這樣膽小？」歐陽天風拍著趙子曰的肩膀說：「你的戲一點挑剔沒有，除了短兩盞電燈！我保險，死不了！」

這個問題經幾個人辯論了兩點多鐘，大家全贊成歐陽天風的意見。於是趙子曰本著王佐斷臂的犧牲精神，在紗帽上安了兩盞小電燈，一盞紅的，一盞綠的。

十五　蘇褄戲報子

「李順！」趙子曰由戲園唱完義務戲回來，已是夜間一點多鐘。

「嗻！」李順從夢中淒淒慘慘的答應一聲，跟著又不言語了。

「李——順！」

「嗻！」李順著眼睛，把大衣披上走出來。

「你願意掙五角錢不？李順！」

「錢？」李順聽了這個字，像喝了一口涼水似的，身上一抖，完全醒過來：

「什麼？先生！錢？」

「錢！五角！」趙子曰大聲的說：「你趕緊快跑，到後門裡貼戲報子的地方，把那張有我的名字的報子揭下來！紅紙金字有我的名字，明白不明白？不要鼓樓前貼著的那張，那張字少；別揭破了，帶著底下的紙揭，就不至於撕破了！辦得了辦不了？」

「行，先生！這就去？」李順問。

「可不這就去，快去！」

「五毛錢？」

「沒錯兒，快去！」

李順把衣鈕扣好，抖了抖肩膀，夜遊大仙似的跑出去。

趙子曰把剛才唱完的《王佐斷臂》的餘韻還掛在嘴邊，一邊哼唧著，一邊想那繞著戲館子大樑的那些餘音，不知到什麼時候才能散盡。哼唧到得意之際，想到剛才台前叫好喝彩的光景，止不住的笑出了聲。

「趙子曰會這麼抖？」他自己說：「真他妹妹的沒想到！」他合上眼追想戲園中的經過：千百個腦袋，一個上安著兩隻眼睛，全看著誰？我！趙子曰！「好！」千百張嘴，每張兩片紅嘴唇，都說道誰？喝誰的彩？我！趙鐵牛！「好！」那「搶背」摔的，嘿！真他媽的脆！包廂裡那些姨太太們，台底下那個戴著玳瑁眼鏡的老頭兒——「好嗎！」「好！」

他想著，念道著，笑著，忽然推開門跳出去。到了院中，看看南屋黑洞洞的，歐陽天風還沒有回來。「傻小子，窮忙！台下忙十天，也跟不上台上一齣哇！也別說，歐陽也怪可憐的，把小腳鴨都跑酸了！」

他在院中來回走了半天，李順「邦」的一聲把街門推開，瞪著眼，張著嘴，呼哧呼哧的直喘。雙手把那張紅戲報子遞給趙子曰。

「來！進來！」趙子曰把李順領到屋裡去：「慢慢的拉著，別使勁！」兩人提心吊膽的像看唐代名畫似的把那張戲報展開。趙子曰把腦袋一前一後的伸縮著念：「初次登台，譚派鬚生，趙子曰。煩演：《八大鎚》，《王佐斷臂》，車輪大戰，巧說文龍，五彩電燈，真刀真槍，西法割臂，改良說書。」他念完一遍，又念了一遍，然後，又念了一遍。跟著又蹲下去看看戲報的反面，沒看見別的，只有些乾漿糊皮子和各碎紙塊。

「李順！」趙子曰抿著嘴，半閉著眼，兩個鼻孔微微的張著，要笑又不好意思的，要說話又想不起說什麼好：「李順！啊？」

「先生！你算真有本事就結了！」李順點著頭兒說：「《八大鎚》可不容易

唱啊！十年前，那時候我還不像這麼窮，聽過一回那真叫好：文武帶打，有唱有念！喝！大花臉出來，二花臉進去，還有個三花臉光著脊樑一氣打了三十多個旋風腳！喝！白鬍子的，黑鬍子的，還出來一個紅鬍子的！簡直的說，真他媽的好！——」

「你聽的那齣，王佐的紗帽上可有電燈？」趙子曰撇著嘴問。

「沒有！」

「完了，咱有！」

「我還沒說完哪，我正要說那一齣要是帽子上有了電燈可就『小車子不拉，推好了！』就是差個電燈！——」

「慢慢捲起來！」趙子曰命令著李順：「慢著，別撕了！明天你上廊房頭條松雅齋去裱，要蘇裱！明白什麼叫蘇裱呀？」

「明白！」李順恭而敬之的慢慢往起捲那張戲報子：「就是不明白，我一說蘇裱，裱畫匠還不明白嗎？先生！」

「裱好了，」趙子曰很費思索的說：「我再求陸軍次長寫副對子。一齊掛在這小屋子裡，李順，你看抖不抖?!」

「抖！先生！誰敢說不抖，我都得跟他拚命！」李順說。

「好啦！你睡覺去吧！明天想著上松雅齋！」

「嗻！忘不了！」李順規規矩矩走出去，走到門外，回頭看了看趙子曰，偷偷的要而又不敢，捂著嘴到了他自己的屋裡才笑出來。

趙子曰本想等著歐陽天風和武端回家，再暢談一回。可是戲台上的犧牲過大，眼睛有些睜不開了。於是決定了暫把一肚的話埋那麼一夜，明天再說。他倒在床上顛來倒去的夢著：八大鎚，鎚八大，大八鎚，整整捶了一夜。

第二天早晨，李順把臉水拿進來，看見趙子曰在地上睡的正香。大概是夢裡摔「搶背」由上掉下來。

「先生，我說趙先生，熱水您哪！」李順叫。

「李順！」趙子曰楞眼瓜嗟的坐起來說：「把水放下，拿那張戲報子去裱！」

「嗻！我先把先生們的臉水伺候完，先生！就去，誤不了。」

果然不出武端所料：唱過義務戲以後，趙子曰又交了許多新朋友。票友兒，伶人們全不短到天台公寓來，王大個兒的《斬黃袍》也不敢在白天唱了。票友兒與伶人們都稱呼他為「趙老闆」，有勸他組織票房的，有勸他拜王又宸為師的。趙子曰不但同意於他們的建議，而且請他們到飯館足吃足喝一陣。

專唱掃邊老生的票友李五自薦給趙子曰說戲。唱二花臉的張連壽見面就說：「趙老闆成了名角的時候，可別忘了咱傻張啊！」於是在一個禮拜內李五和張連壽居然吃了趙子曰十頓金來鳳羊肉館。他們越把趙老闆叫得響，趙老闆越勸他們點菜。菜越上來的多，他們越把趙老闆叫得響。直到他們吃得把趙老闆三個字都叫不出來了，趙老闆才滿意了自己的善於交際。

拉胡琴的小辮兒吳三情願天天早晨給趙子曰調嗓子，純是交情，不取分文。趙子曰心中老大不過意，吳三是堅決不要錢。過了幾天，吳三和趙子曰要了五塊錢，說：給趙子曰買一把蛇皮胡琴，趙子曰的心中舒服多了。

鬧騰的快到五月節了，這群新朋友除吃喝趙老闆以外，還沒有一位給趙老闆打主意謀事的。趙子曰心中有些打鼓。

「我說，老武！戲也唱了，新朋友也交上啦，可是事情還一點苗頭看不出來呀?!」

「別忙啊！」武端穩穩當當顯出足智多謀的樣子說：「那能剛唱一齣就馬上抖起來呢！——」

「可是我已經花了不少——」

「不花錢還成呀！你猜——」

「好！聽你的！」

十六　北京端陽節

設若詩人們睜著一隻眼專看美的方面，閉著一隻眼不看醜的方面，北京的端陽節是要多麼美麗呢：

那粉團兒似的蜀菊，襯著嫩綠的葉兒，迎著風兒一陣一陣抿著嘴兒笑。那長長的柳條，像美女披散著頭髮，一條一條的慢慢擺動，把南風都擺動得軟了，沒有力氣了。那高峻的城牆長若歪著脖兒的小樹，綠葉底下，青枝上面，藏著那麼一朵半朵的小紅牽牛花。那嬌嫩剛變好的小蜻蜓，也有黃的，也有綠的，從淨業湖而後海而什剎海而北海而南海，一路彎著小尾巴在水皮兒上一點一點；好像北京是一首詩，他們在綠波上點著詩的句讀。

淨業湖畔的深綠肥大的蒲子，拔著金黃色的蒲棒兒，迎著風一搖一搖的替浪聲擊著拍節。什剎海中的嫩荷葉，捲著的像捲著一些幽情，放開的像給詩人托出一小碟子詩料。北海的漁船在白石欄的下面，或是湖心亭的旁邊，和小野鴨們擠來擠去的浮蕩著；時時的小野鴨們噗喇噗喇擦著水皮兒飛，好像替漁人的歌唱打著鑼鼓似的：「五月來呀南風兒吹」噗喇，噗喇。「湖中的魚兒」。噗喇「嫩又肥」噗喇，噗喇。……那白色的塔，藍色的天，塔與天的中間飛著那麼幾隻野灰鴿：一上一下，一左一右，詩人的心隨著小灰鴿飛到天外去了。……

再看街上：小妞兒們黑亮的髮辮上戴著各色綢子作成的小老虎，笑渦一縮一鼓的吹著小葦笛兒。光著小白腳鴨的小孩子，提著一小竹筐虎眼似的櫻桃，嬌嫩的吆喝著「賽了李子的櫻桃咥！」鋪戶和人家的門上插上一束兩束的香艾，橫框上貼上黃紙的神符，或是紅色的判官。路旁果攤上擺著半紅的杏兒，染紅了嘴的小桃，雖然不好吃，可是看著多麼美！

不怪周少濂常說：「美麗的北京喲！美麗的北京端陽節喲！」「喲」字雖然被新詩人用濫了，可是要形容北京的幽美是非用「喲」不可的；一切形容不出的情感與景致，全仗著這個「喲」來助氣呢。

可是社會上的真像並不全和詩人的觀察相符，設若詩人把閉著的那隻眼睛睜開，看看黑暗的那一方面，他或者要說北京的端陽節最醜的了：屠戶門前掛著一隊一隊的肥豬大羊。血淋淋的心肝，還沒有洗淨青糞的肚子，在鐵鉤上懸著。嗡嗡的綠豆蠅成群的抱著豬頭羊尾咂一些鮮血，蠅子們的殘忍貪食和非吃肉不算過節的人們比較，或者也沒有多大的分別。小孩子們圍著羊肉鋪的門前，看著白鬍子老回回用大刀向肥羊的脖子上抹，這一點「流血」與「過節」的印象，或者就是「吃肉主義」永遠不會消失的主因。

拉車的捨著命跑，討債的汗流浹背，賣粽子的扯著脖子吆喝，賣櫻桃桑椹的一個賽著一個的嚷嚷。毒花花的太陽，把路上的黑土曬得滾熱，一陣旱風吹過，粽子，櫻桃，桑椹全蓋上一層含有馬糞的灰塵。作買賣的臉上的灰土被汗沖得黑一條白一條，好像城隍廟的小鬼。

拉車的一口鮮血噴在滾熱的石路上，死了。討債的和還債的拍著胸膛吵鬧，一拳，鼻子打破了。禿著腦瓢的老太太和賣粽子的為爭半個銅子，老太太罵出二里多地還沒消氣。市場上賣大頭魚的在腥臭一團之中把一盤子白煮肉用手抓著吃了。……

這些個混雜污濁也是北京的端陽節。屠場挪出城外去，道路修得不會起塵土，賣粽子的不許帶著蒼蠅屎賣，……這樣：詩人的北京或者可以實現了。然而這種改造不是只憑作詩就辦得到的！

「老武！歐陽！」趙子曰在屋中喊：「明天怎麼過節呀？」

「你猜怎麼著？」武端光著腳，踏拉著鞋走過第三號來：「明天白日打牌，晚上去聽夜戲。好不好？」

「不！聽戲太熱！」歐陽天風也跑過來：「聽我的：明天十點鐘起來，到中央公園繞個圈子。繞的不差什麼的，在春明館喝點酒吃點東西。我的請！我可有些日子沒請你們吃飯了？是不是？吃完飯，回到公寓，光著脊樑涼涼快快的把小牌一打。晚飯呢，叫公寓預備幾樣可口的菜，叫李順去到柳泉居打真正蓮花白。吃完晚飯，願意耍呢再接續作戰，不願意呢，出去找個清靜的地方溜個灣子。這樣又舒服，又安靜，比往戲園子裡鑽強不強？再說，要聽戲叫老趙唱兩嗓子，對不對，趙老闆？」

「還是你的小心眼兒透亮！」趙子曰眉開眼笑的說：「好主意！李——

順！」……

「哈哈！老莫！傻兄弟！你可來了！」趙子曰跳起來歡迎莫大年。

「老趙，老武，你們都好？」莫大年笑著和他們握手。

「好！老莫你可是發福了！」武端也笑著說。他現在對莫大年另有一番敬重的樣子，大概他以為在銀行作事的人，將來總有作閣員的希望。

「老趙，我來找你明天一塊兒上西山，去不去？——」莫大年說著看了武端一眼：「老武也——」

「我正想上西山！」武端趕快的回答。他並不是忘了他們已定的過節計畫，而是以為和在銀行作事的人一塊兒去逛可以增加一些將來談話的材料。

「咱們三個？不夠手哇！」趙子曰說。

「什麼不夠手？」莫大年問。

「三家正缺一門嗎！」

「上山去打牌？」莫大年很驚異的問。

「這是老趙的新發明呢！」武端噗哧的一笑。

「等一等我告訴你，」趙子曰很高興的說：「我先問你，喝汽水不喝？」

「不喝！叫李順沏點茶吧！」莫大年回答：「李順還在這兒嗎？」

趙子曰叫李順沏茶，李順見了莫大年親人似的行了一個禮，可惜沒有他說話的份兒，他只好把茶沏來，看了莫大年幾眼走出去。

「你看，老莫！」趙子曰接著說：「在山上找塊平正的大石頭，在大樹底下，把氈子一鋪，小牌一打。喝著蓮花白，就著黑白桑椹大櫻桃，嘿！真叫他媽的好！」

「我不能上山去打牌！」莫大年低聲的說。

「我告訴你，小胖子！」趙子曰又想起一個主意來：「我想起來了：臥佛寺西院的小亭子上是個好地方。你看，小亭子上坐好，四圍的老樹把陽光遮住，樹上的野鳥給咱們奏樂。把白板滑出溜的摸在手裡，正摸在手裡，遠遠的吹過來一陣花香，你說痛快不痛快?!小胖子，聽你老大哥的話，再找上一個人一塊兒去！」

「老莫可和歐陽說不來！」武端偷偷的向趙子曰嘀咕。

「我已約好老李，你知道老李不打牌？」莫大年看見武端和趙子曰嘀咕，心中想到不如把李景純抬起來，把趙子曰的高興攔回去。「咱們要是打牌，叫老李一個人出逛，豈不怪難堪的?!」

趙子曰沒言語。

「對了！我想起來了，老趙！」武端向趙子曰擠了擠眼：「老路不是明天約咱們聽夜戲嗎?這麼一說，咱們不能陪著老莫上山了！」

「對呀！我把這件事忘了，你看！」趙子曰覺得非常的精明，能把武端的暗示猜透。

……

李景純和莫大年第二天上了西山。

十七　秘密專家

端陽節，一個旋風似的，又在酒肉麻雀中滾過去了。人們揉揉醉眼歎口氣還是得各奔前程找飯吃。武端們於是牌酒之外又恢復了探聽秘密。

「子曰！子曰！」武端夜間一點多鐘回來，在第三號門外叫。

「老武嗎？」趙子曰睏眼矇矓的問：「我已經鑽了被窩，有什麼事明天早晨再說好不好？」

「子曰！秘密！」

「你等一等，就起！」趙子曰說著披上一件大衣光著腳下地給武端開門，回手把電燈撚開。

武端進去，張著嘴直喘，汗珠在腦門上掛著，臉色發綠。

「怎麼了？老武！」趙子曰又上了床，用夾被子把腳蓋上，用手支著臉蛋斜臥著。

「老趙！老趙！我們是秘密專家，今天掉在秘密裡啦！」武端坐在一張椅子上，帽子也沒顧得摘。

「到底怎一回事，這麼大驚小怪的?!」趙子曰驚訝的問。兩眼一展一展的亂轉像兩顆流星似的。

「歐陽回來沒有？」武端問，說著端起桌上的茶壺咕咚咕咚的灌了一氣涼茶。

「大概沒有，你叫他一聲試試！」

「不用叫他！有他沒我！」武端發狠的說。

「什麼？」趙子曰噗的一聲把被子踹開，坐起來。

「你看了《民報》沒有，今天？」武端從衣袋裡亂掏，半天，掏出半小張已團成一團兒的報紙，扔給趙子曰：「你自己念！」

「票友使黑錢，女權難展。夜戲不白唱，客串貪金。」趙子曰看了這個標題，心中已經打開了鼓。「……趙某暗使一百元，其友武某為會員之一，亦使錢五十元。嗚呼！此之謂義務夜戲！……」趙子曰咽了一口涼氣，因手的顫動，手中的那半篇報紙一個勁兒沙沙的響。

武端背著手，咬著嘴唇，呆呆的看著趙子曰。

「這真把我冤屈死！冤死！」趙子曰把報紙又搓成一個團扔在地上。「誰給我造這個謠言，我罵誰的祖宗！」

武端還是沒言語，又抱著茶壺灌了一氣涼茶。

「登報聲明！我和那個造謠生事的打官司！」趙子曰光著腳跳著嚷。

「你跟誰打官司呀？」武端翻著白眼問：「歐陽的鬼！」

「老武！這可是名譽攸關的事，別再打哈哈！」趙子曰急切的說：「你知道歐陽比我知道的清楚，你想想他能作這個事?!他能賣咱們?!」

「不是他！是我！」武端冷笑了一聲。

「憑據！得有憑據呀！」

「自然有！不打聽明白了就說，對不起『武秘密』三個大字！」

趙子曰又一屁股坐在床上，用手稀離糊塗的搓著大腿。武端從地上把那團報紙撿起來，翻來覆去的念。胃中的涼茶一陣一陣嘰哩咕嚕的響。

「哈哈！你們幹什麼玩兒哪？」歐陽天風開門進來，兩片紅臉蛋像兩個小蘋果似的向著他們笑。「老武！有什麼新聞嗎？」

武端頭也沒抬，依然念他的報。趙子曰揉了揉眼睛，冷氣森森的說了句：「你回來了？」

歐陽天風轉了轉眼珠，笑吟吟的坐下。

趙子曰是不錯眼珠的看著武端，武端是把眼睛死釘在報紙上，一聲不言語。

武端把報紙往地上一摔，把拳頭向自己膝上一捶。

趙子曰機靈的一下子站起來，遮住歐陽天風。

「老趙，不用遮著我，老武不打我！」歐陽天風笑著說：「事情得說不是，就是他打我，也得等我說明白了不是?!」

「不是共總一百五十塊錢嗎，」武端裂稜著眼睛說：「我打一百五十塊錢的！」

「老武！老武！」趙子曰拍著武端的肩膀說：「你等他說呀！他說的沒理，再打也不遲！歐陽你說！說！」

「老武！老趙！」歐陽天風親熱的叫著：「你們兩個全是闊少爺，我姓歐陽的是個窮光蛋。吃你們，喝你們，花你們的錢不計其數。我一個謝字都沒有說過，因為我心裡感激你們是不能用言語傳達出來的。如今呢，這一筆錢我使啦。你們知道我窮，你們知道我出於不得已。這一百多塊錢在你們眼中不算一回事，可是到我窮小子的手裡就有了大用處啦！」

「錢不算一回事，我們的名譽！」武端瞪著眼喊。

「是呀！名譽！」趙子曰重了一句，大概是為平武端的氣。

「別急，等我說！」歐陽天風還是笑著，可是笑的不大好看了：「當咱們在名正大學的時候，我辦過這樣的事沒有？老趙？」

「沒有！」

「我們的交情不減於先前，為什麼我現在這樣辦呢？」

「反正你自己明白！」武端說。

「哈哈！這裡有一段苦心！」歐陽天風接著說，眼睛不住的溜著武端：「你們二位不是要作官嗎？同時，你們二位不都是有名鬧風潮的健將嗎？以二位能鬧風潮的資格去求作官，未免有點不合適吧？那麼由鬧風潮的好手一變而為政界的要人，其中似乎應當有個『過板』；就是說：把學生的態度改了，往政客那條路上走；什麼貪贓，受賄，陰險，機詐，凡是學生所指為該刨祖墳的事，全是往政界上走的秘寶！

「事實如此，這並不是我們有意作惡！比如說，老趙，有人往政界舉薦你，而你的資格是鬧風潮，講正義，提倡愛國，你自己想想，你這輩子有補上缺的希望沒有？反之，你在社會上有個機詐敢幹，貪錢犯法的名譽，我恭賀你，老趙，你的官運算是亨通！賣瓜的吆喝瓜，賣棗兒的吆喝棗兒，同樣，作學生的吆喝風潮，作官的吆喝賣國；你們自然明白這個，不必我多說。現在呢，你們的姓名登在報紙上了，你們的名譽算立下了；這叫作不用花錢的廣告；這就是你們不再念書而要作官的表示！

「再說，就事實上說，我們給女權發展會盡義務籌款，我問問你們，錢到了她們手裡幹什麼用？還不是開會買點心餵她們？還不是那群小姐們吃完點心坐在一塊兒鬥小心眼兒？那麼，你們要是不反對供給她們點心吃，我看也就沒有理由一定攔著我分潤一些！她們吃著你們募來的錢，半個謝字不說；我使這麼幾塊錢，和你們說一串好話，你們倒要惱我，甚至要打我，你們怎麼這樣愛她們而不跟我講些寬宏大量呢！」

趙子曰的兩片厚嘴唇一動一動要笑又不願笑出來，點著頭咂摸著歐陽天風的陳說。武端低著頭，黃臉上已有笑意，可是依然板著不肯叫歐陽天風看出來。歐陽天風用兩隻一汪水的小眼睛看了看他們兩個，小嘴一撇笑了一笑，接著說：

「還有一層，現在作義務事的，有幾個不為自己占些便宜的？或者有，我不知道！人家可以這樣作，作了還來個名利兼收，我們怎就不該作？我告訴你們，你們要是聽我的指揮往下幹，我管保說，不出十天半月你們的『委任狀』有到手的希望。你們要還是玩你們學生大爺的脾氣，那只好作一輩子學生吧，我沒辦法！作官為什麼？錢！賠錢作官呀？地道傻蛋！你們也許說，作官為名。好，錢就是名，名就是錢！賣國賊的名聲不好哇，心裡舒服呢，有錢！中國不要他，他上外國；中國女子不嫁他，他娶紅毛老婆！名，錢，作官，便是偉人的『三位一體』的宗教！——」

「哈哈！」趙子曰光著腳跳開了天魔舞。

「哼！」武端心中滿贊同歐陽天風的意見，可是臉上不肯露出來。「哼！你猜——」

「老趙！還有酒沒有？」歐陽天風問。

「屈心是兒子，這一瓶藏了一個多禮拜沒動！來！喝！我的寶——喝！」

歐陽天風的人生哲學演講的結果：武端把西服收起來換上華絲葛大褂，黃皮鞋改為全盛齋的厚底寬雙臉緞鞋。趙子曰除製了一件肥大官紗袍外，還買了一頂紅結青紗瓜皮小帽。武端拿慣手杖，乍一放下手中空空的沒有著落，歐陽天風給他出主意到煙袋斜街定做一根三尺來長的銀鍋斑竹大煙袋，以代手杖；沉重而偉大的煙袋鍋，打個野狗什麼的，或者比手杖更加厲害。如此改扮停妥，彼此相視一笑。歐陽天風點頭咂嘴的讚美他們：

「有點派頭啦！」

趙子曰在廁所裡靜坐，忽然想起一個新意思，趕快跑到武端屋裡去：

「老武！又是一個新意思！從今天起，不准你再叫我『老趙』，我也不叫你『老武』！我叫你『端翁』，你叫我『子老』！你看這帶官味兒不呢？」

「我早想到了！」其實武端是真佩服趙子曰的意思新穎：「好，就這麼辦！老趙，啵，子老！歐陽說今天他給咱們活動去，你也得賣賣力氣鑽鑽哪！我告訴你有一條路可以走：你記得女權發展會的魏麗蘭女士？——」

「一輩子忘不了！那時想起來那時噁心？」趙子曰不用閉眼想，那位魏女士的醜容就一分不差的活現出來。

「別打哈哈！老趙，你猜怎麼著，子老！」武端說著把大煙袋拿起來擰上一鍋子老關東煙，把洋火劃著倒在煙鍋上，因為他的胳臂太短，不如此是不容易把煙燃著的。「你知道她是誰的女兒不知道？」

「還出得去魏大、魏二？乾脆，我不知道！」

「她是作過警廳總監魏大人的女兒！不然的話，女權發展會就會立得了案啦！」武端說到這裡，兩眼睜的像兩盞小氣死風燈，好像把天涯地角的一切藏著秘密的小黑窟窿全照得『透亮杯兒』似的。「那天你唱《八大鎚》的時候，她直問我你是誰。你猜怎麼著？我告訴她：這就是名冠全國學生界的鐵牛趙子曰！她沒說什麼，可是她不錯眼珠的看著你。你猜——」

「看我幹嗎？」趙子曰打了一個冷戰。

「你有點不識抬舉吧！」武端用大煙袋指著趙子曰說。

「往下說，端翁！我不再插嘴好不好？」趙子曰笑著說。

「我的意思是這麼著：咱們倆全不是為錢，是為名譽、勢力。魏女士既有意於你，你為何不『就棍打腿』和她拉攏拉攏？我呢，有個舅父在市政局作事，我去求他。你去運動魏女士，她的父親作過警察總監，還能在市政局沒有熟人嗎！如此，我們兩下齊攻，你猜怎麼著，就許成功！你進去呢往裡拉我，我進去呢也忘不了你！萬一歐陽運動有效，我們還許來一份兼差，是不是？子老！」

「可是有一樣，」武端把煙袋放下，十二分懇切的說：「你要注意！你的言語，行動，可都得夠派頭！歐陽的話我越咂摸越有味：『穿著運動衣去運動官，叫作自找沒趣！』念書的目的就是作官，可是念書時候的行為是作官的障礙；今天放下書本，今天就算勾了一筆賬；重開張，另打鼓，賣什麼吆喝什麼！你說是不是？所以無論到那裡，去見誰，先等別人開口，然後咱們隨著人家的意見爬；千萬別像當學生的時候那麼固執己見！比如，人家罵學生一句，咱就罵十句；人家要拆學堂，咱就登時去找斧子；人家罵過激黨是異端邪說，咱就說過激黨該千刀萬剮，五雷轟頂！這麼辦，行了，作官有望了！你猜——」

「端翁！」趙子曰笑得嘴也閉不上了：「你由歐陽的一片話，會悟出這麼些個道理來，你算真聰明，我望塵莫及！可是有一樣，叫我去拉攏魏女士，我真受不了！我小的時候，爸爸給我買個難看的小泥人，我還把它摔個粉碎；如今叫我整本大套的去和女怪交際，你想想，端翁，我老趙受得了受不了?!」

「王女士倒好看呢，你巴結得上嗎?!」武端含著激諷的腔調說。

「說真的，王女士怎樣了？端翁！歐陽那小子說給我介紹她，說了一百多回了，一回也沒應驗！」

「先別說這個！有了官有了勢力，不就憑她嗎，再比她好上萬倍的，說『要』馬上就成功！不准再提這個事！計畫你怎樣去見魏女士！」武端的面容十分嚴厲，逼著趙子曰進行謀差事。

「這真是打著鴨子上樹呀！」趙子曰搖著頭說。

「這麼辦！」武端想了半天，然後說：「我先上女權會找她，然後你到會裡去找我；我給你們倆介紹。介紹以後，子老，那可就全憑你的本事了。自然，胖子不是一口吃起來的，凡事要慢慢的來，可是頭一見面就砸了鍋，是不容易再鋸起來呀！」

「好，你先走，我老趙明白，不用你囑咐！」

武端忙著去洗臉，分頭髮，換衣裳。裝束完了，又囑咐趙子曰一頓，然後搖搖擺擺往外走。走到街門又回來了：

「我說老趙，子老！我又想起一件事來：你前者在天津認識的那個閻乃伯，可作了直隸省長，這也是一條路哇！」

「我早在報上看見了！」趙子曰回答：「可是只在他家教了三天半的書，他要記得我才怪；再說那個傢伙不可靠！我說端翁！拿上你的大煙袋呀！」

「不拿！女權會裡要不開大煙袋！回頭見，你可千萬去呀！你猜怎麼著？——」

十八　魏老頭子

「趙先生！電話。」李順挑著大拇指向趙子曰笑著說。

（李順對於天台公寓的事，只有兩件值得挑大拇指的：接電話和開電燈。）

「那兒的？」趙子曰問。

「魏宅，先生！」

「喂！……啊？是的！是的！」趙子曰點著頭，還笑著，好像跟誰臉對臉說話似的：「必去，是！……啊？好！回頭見！」他直等耳機裡咯嚧咯嚧響了一陣，又看了看耳機上的那塊小黑炭，才笑著把它掛好。

他慌手忙腳的把衣冠穿戴好。已經走出屋門，又回去照了照鏡子，正了正帽子，扯了扯領子，又往外走。

……

去的慌促回來的快，趙子曰撅著大嘴往公寓走。

「老武！老武！」趙子曰進了公寓山嚷海叫的喊武端。

「先生！」李順忙著跑過來說：「武先生和歐陽先生到後門大街去吃飯，留下話請先生回來找他們去。金來鳳回回館！」

「李順！你少說話！我看你不順眼！」趙子曰看見李順，有了洩氣的機會。

「嗻！」李順曉得趙子曰的威風，小水雞似的端著肩膀不敢再說話。

「叫廚房開飯！什麼金來鳳，銀來鳳，瞎扯！」趙子曰「光」的一聲開開屋門進去。

「嗻！開平常的飯，是給先生另作？」李順低聲下氣的問。

「瞧姓趙的配吃什麼，瞧姓趙的吃得起什麼，就作什麼！別跟我碎嘴子，我告訴你，李順，你可受不住我的拳頭！」

「嗻！」

「老趙怎還不來呢？」武端對歐陽天風說。

兩個人已經在金來鳳等了四五十分鐘。

「咱們要菜吧！」歐陽天風的肚子已經嘰哩咕嚕奏了半天樂。「老趙呀，哼！大概和魏女士——」說到這裡，他看了武端一眼，把話又咽回去了。

「好，咱們要菜，」武端說著把跑堂的叫過來，點了三四樣菜，然後對歐陽天風說：「他不能和她出去，他不愛她，她——太醜！」

「可是好看的誰又愛他呢！」歐陽天風似笑非笑的說。

「歐陽，我不明白你！」武端鄭重的說：「你既知道好看的姑娘不愛他，可為什麼一個勁兒給他拉攏王女士呢？」

「你要王女士不要，老武？」歐陽天風問。

「我不要！」

「完啦！老趙要！你如有心要她，我敢說句保險的話：王女士就是你姓武的老婆！明白了吧？」歐陽天風笑了笑，接著說：「我問你，你為什麼給老趙介紹魏女士？」

武端點了點頭，用手捏起一塊鹹菜放在嘴中，想了半天才說：「我再先問你一句，你可別多心，你和王女士到底有什麼關係？」

跑堂的把兩個涼碟端上來，歐陽天風抄起筷子夾起兩片白雞一齊放在嘴裡，一面嚼著一面說：

「你先告訴我，我回來准一五一十的告訴你！要不然，先吃飯，吃完了再說好不好？」

「也好！」武端也把筷子拿起來。

熱菜也跟著上來了。兩個人低著頭扒摟飯，都有一團不愛說的話，同時，都預備著一團要說的話。那團要說的話，兩個人都知道說也沒用。那團不愛說的話，兩個人都知道不說是不行。於是兩個嘴裡嚼著飯，心裡嚼著思想，設法要把那團要說的話說得像那團不愛說的話一樣真切好聽。這個看那個一眼，那個嘴裡嚼著飯；那個看這個一眼，這個正夾起一塊肥肉片，可是，這個夾肉片和那個的嚼飯，都似含著一些不可捉摸的秘密。兩個的眼光有時觸到一處，彼此慌忙在臉上掛上一層笑容，叫彼此覺得臉上的笑紋越深，兩顆心離的越遠。

歐陽天風先吃完了，站起來漱口，擦臉，慢慢的由小碟裡挑了一塊檳榔；平日雖然沒有吃檳榔的習慣，可是現在放在嘴裡嚼著確比閑著強。武端跟著也吃完，又吩咐跑堂的去把湯熱一熱，把牙籤橫三豎四的剔著牙縫。兩個人彼此看了一眼：一個嚼檳榔，一個剔牙縫，又彼此笑了一笑。

湯熱來了，武端一匙一匙的試著喝。本來天熱沒有喝熱湯的必要，可是不這麼支使跑堂的，覺得真僵的慌。他喝著湯偷偷看歐陽天風一眼，歐陽正雙手叉看著牆上的英美煙公司的廣告，嘴裡哼唧著二簧。

「算帳，夥計！」武端立起來摸著胸口，長而悠揚的打了兩個飽嗝兒。「寫上我的賬，外打二毛！」

「怎麼又寫你的賬呢？」歐陽天風回過頭來笑著說。

「咱們誰和誰，還用讓嗎！」武端也笑了笑。「咱們回去看老趙回來了沒有，好不好？」

「好！可是，咱們還沒有說完咱們的事呢？」

「回公寓再說！」

兩個人親親熱熱的併著肩膀，冷冷淡淡的心中盤算著，往公寓裡走。到了公寓，不約而同的往第三號走。推開門一看：趙子曰正躺在床上哧呼大睡。

「醒醒！老趙！」歐陽天風過去拉趙子曰的腿。

「攪我睡覺，我可罵他！」趙子曰閉著眼嘟囔。

「你敢！把你拉下來，你信不信？」

「別理我，歐陽！誰要願意活著，誰不是人！」趙子曰揉著眼睛說，好像個剛睡醒的小娃娃那樣撒嬌。

「怎麼了，老趙？起來！」武端說。

「好老武，都是你！差點沒出人命！」趙子曰無精失采的坐起來。

「怎麼？」

「怎麼？今天早晨我是沒帶著手槍，不然，我把那個老東西當時槍斃！」趙子曰怒氣沖天發著狠的說。

「得！老武！」歐陽天風笑著說：「老趙又砸了鍋啦！」

「我告訴你，歐陽！你要是氣我，別說我可真急！誰砸鍋呀?!」趙子曰確是真生氣了，整副的黑臉全氣得暗淡無光，好像個害病的印度人。

歐陽天風登時把笑臉捲起，一手托著腮坐在床上，鄭重其事的皺上眉頭。

「老趙！」武端挺起腰板很慷慨的說：「那條路絕了，不要緊，咱們不是還有別的路徑哪嗎！不必非拉著何仙姑叫舅母啊！」

趙子曰點了點頭，沒說什麼。

武端心中老大的不自在，尤其是在歐陽天風面前，更覺得趙子曰的失敗是極不堪的一件事。

歐陽天風心中痛快的了不得，嘴裡卻輕描淡寫的安慰著趙子曰，眼睛繞著彎兒溜著武端。

「老趙！到底怎回事？說！咱姓武的有辦法！」武端整著黃蛋臉，話向趙子曰說，眼睛可是瞧著歐陽天風。

「他媽的我趙子曰見人多了，就沒有一個像魏老頭子這麼討厭的！」趙子曰看武端掛了氣，不好再說話了：「不用說別的，憑他那縷小山羊鬍子就像漢奸！」

武端點了點頭，歐陽天風微微的一笑。

趙子曰把小褂脫了，握著拳頭說：「你看，一見面，三句話沒說，他搖著小乾腦袋問我：『閣下學過市政？』——」

「你怎麼回答來著？」武端問。

「『沒有！』我說。他又接著說：『沒學過市政嗎，可想入市政局作事！』——」

「好可惡的老梆子！」歐陽天風笑著說。

「說你的！老趙！」武端跟著狠狠唾一口唾沫。

「我可就說啦，『市政局作事的不見得都明白市政。』你們猜他說什麼：『哼！不然，市政局還不會糟到這步天地呢！』我有心給他一茶碗，把老頭子的花紅腦子打出來！繼而一想誰有工夫和半死的老『薄兒脆』鬥氣呢！我也說的好：『姓趙的並不指著市政局活著，咱不作事也不是沒有飯吃！』我一面說一面往外走，那個老頭子還把我送出來，我頭也不回，把他個老東西僵在那塊啦！」

……

十九　先娶妻後作官

趙子曰和武端坐著說話，他說：「歐陽上哪兒啦？」

武端冷淡的回答：「管他呢。」

趙子曰和歐陽天風坐著閒談，他問：「老武呢？」

歐陽天風小嘴一裂：「誰知道呢。」

趙子曰見著武端，武端在他耳根下說：「我告訴你，你猜怎麼著？歐陽要和王女士沒有暗昧的事，我把腦袋輸給你！」

趙子曰見著歐陽天風，歐陽拉著他的手親熱而微含恫嚇的說：「你要是再和魏丫頭來往，別說我可拿刀子拚命！」

趕巧三個人遇在一塊兒，其中必有一個——不是趙子曰——託詞有事往外走的。弄得趙子曰心中迷離迷糊的只是難過，不知怎麼辦才好。想給他們往一處捏合吧，他們面上永遠是彼此看著笑，並沒有一點不和的破綻。不給他們說和吧，他們臉上的笑容好似兩把小鋼刀，不定那一時湊巧了機會就刀刃上見點血。他立在兩把刀的中間，是比誰也難過而且說不出道不出。

「老趙！」武端，乘著歐陽天風沒在公寓裡，跑過第三號來說：「走！請你吃飯！」

「歐——」趙子曰說了半截又咽回去了。「好！上那兒？」

「隨你挑！朋友的情是一來一往的，咱姓武的不能永遠吃別人不還席，哈哈！」

趙子曰知道那個專吃別人不還席的是誰，心中比自己是白吃猴還難過，可是他勉強笑著說：「東安樓吧！」

「好！東安樓！我說，我打算約上老李，李景純，你想怎樣？」武端臉上顯出只許叫趙子曰答應，不准駁回的樣子。

「好哇！老沒見老李，怪想他的呢！」趙子曰心中一百多萬不喜歡見李景純，可是看著武端的樣子，要不答應這個要求，武端許從衣袋中掏炸彈。「再說，反正你請客，客隨主人約，是不是？」

武端跑到櫃房打電話約李景純，李景純推辭不開，答應了在東安樓見面。

已是學校裡放暑假的天氣，太陽像添足了煤的大火爐把街上的塵土都燒得像火山噴出來的灰砂。路旁賣冰吉凌的，酸梅湯的，叮叮的敲著冰盞兒，叫人們聽著越發覺得乾燥口渴。小野狗們都躺在天棚底下，一動也不動的伸著舌頭只管喘，可是拉洋車的和清道夫還在馬路上活動，或者人們還不如小狗兒們的造化？清道夫們自自然然的一瓢一瓢往街心上灑水，灑得那麼又細又勻；灑完就乾，乾了再灑，好像以半部《論語》治天下的人們念那半部《論語》似的那麼百讀不厭。

武、趙二人到了東安樓，李景純已經在那裡等了半天。

李景純穿著一身河南綢的學生服，腳上一雙白番布皮底鞋，叫趙、武二人心中一跳，好像看見諸葛亮穿洋服一樣新異。

「咳嘍！老李！真怪想你的了！」趙子曰和李景純握了握手。

「好嗎？老趙！我們還是在女權會見著的，又差不多三個月了！」李景純說。

「可不是！」趙子曰聽見「女權會」三個字，想起魏家父女，胃中直冒酸水。

「老武！」李景純對武端說：「謝謝你！我可有些日子沒吃飯館了！」

「好！今天請你開齋！」武端說著不錯眼珠的看著李景純的白鞋和河南綢的學生服，看了半天，到底板不住問出來：「老李，你怎麼也往維新裡學呀？居然白鞋而河南綢其衣褲，這未免看著太洋氣呀！」

「老武！」李景純微微一笑：「你又想錯了！你以為穿上洋服就是明白了西洋文化，穿著大襖便是保存國粹嗎？大概不然吧！我以為衣食住既是生活的要素，就不能不想一想那樣是合適的，那樣是經濟的。中國衣服不好，為什麼？想！想完了而且真發現中服的缺點了，為什麼不設法改良而一定非整本大套的穿西服不可！西服好，為什麼？想！想完了而且真發現西服的好處了，為什麼不先設法自己製作西服的材料而一定去買外國貨！這不是文化不文化的問題，而是求身體安適與經濟的問題！老武！別嫌我嘴碎，凡事，那怕是一個尖針那麼小，全要思想一番啊——」

「我說老武，咱們要菜吧！」趙子曰皺著眉懇求武端。

「好！老李，你吃什麼？」武端問。

「不拘，你要菜，我就吃，我是不會要！可是千萬別多要！」

「得！聽我的！老趙！」武端向趙子曰說：「今天只准吃半斤酒，吃完飯我要和你明明白白的談一談。」

趙子曰因有李景純在席，打不起精神和武端說笑，一聲沒言語。武端點了幾樣菜，真的只要了半斤酒。

酒喝完了，吃飯。飯吃完了，武端說了話：

「老趙！今天我特意把老李請來，叫他告訴告訴你歐陽的行為！大概你不至於不信任老李吧？」

「怎麼啦？老武！」李景純很驚異的問。

「不用問，老李！說說歐陽在公寓怎樣欺侮你來著！」武端急切的說。

「過去的事提它幹什麼呢！」李景純說。

「老李，我求你說！」武端的眼珠拏出來一大塊似的：「不然，老趙總看歐陽是他的好朋友，咱們不是！」

「我看誰都是好朋友！」趙子曰反抗著說。

「老武，你聽著！」李景純已猜透幾分武端的心事，慢慢的說：「朋友不必一定像比目魚似的非成天黏在一塊兒不可呀！情義相投呢，多見幾面；意見不合呢，少往一處湊。親熱的時候呢，也別忘了互相規正；冷淡的時候呢，也不必彼此怨謗。歐陽那個人，據我看，是個年少無知的流氓，我不願與他交朋友，我不屑與他惹氣，我可也不願意播揚他的劣跡。他欺侮我，沒關係，我不理他就完了；他要真是作大惡事，我也許一聲不言語殺了他，不是為私仇，是為社會除個害蟲！我前者警告過老趙，他不信，現在——」

「是這麼一回事！」武端不大滿意李景純的話，忙著插嘴說：「我和老趙託魏女士向她父親給我們介紹，謀個差事。老李你知道，我和老趙並不指著作官發財，是想有個事作比閑著強。有一天老趙見著魏老者，歐陽吃了醋，他硬說我有心破壞他與老趙的交情。後來我問他到底與王女士的關係，你猜怎麼著，他倒打一耙問我：『你想老趙能順著你的心意和魏女士結婚不能？』老李你看，這小子要得要不得！而且最叫我懷疑的是他與王女士的關係，其中必有秘密，」武端說完看著李景純，李景純不住的點頭。趙子曰一聲不發，只連三並四的嗑瓜子。

「老武！」李景純鎮靜了半天才說：「當你信任歐陽的時候，我要說他一句『不好』，你能打我一頓；現在你看出他的劣點來了，我要說他『好』，你能打我一頓！這一點，你與老趙同病。你們應當改，應當細想一想！老武你叫我說歐陽的壞處，我反說了你的欠缺，原諒我，我以為朋友到一處彼此規勸比講究別人的短處強！我知道你必不滿意我，可是我天性如此，不能改！——不能改！至於歐陽與王女士有什麼關係，我真不知道！我只以為我們有許多比娶老婆要緊的事應當先去作。我不反對男女交際，我不反對提倡戀愛自由，可是我看國家衰弱到這步天地，設若國已不國，就是有情人成了眷屬，也不過是一對會戀愛的亡國奴；難道因為我們明白戀愛，外國人，軍閥們，就高抬貴手不殘害我們了嗎？老趙！老武！打起精神幹些正經的，先別把這些小事故放在心裡！老武，謝謝你！我走啦！」

李景純拿起草帽和武、趙二人握了握手，輕快的走出去。

武端深深喘了一口氣，趙子曰把胡琴從牆上摘下來，笑吟吟的吱妞著。

「先別拉胡琴！」武端劈手把胡琴搶過來扔在桌上。「老李這傢伙真他媽的彆扭！」

「有不彆扭的，你又不愛！沒事請喪門神吃飯，自己找病嗎！」

「老趙！」歐陽天風乘著武端出去了，把趙子曰困在屋裡審問：「你告訴我句痛快話，你到底有心娶王女士沒有？你這個人哪，我真不好意思說，真哪，不懂香臭！那麼醜的個魏丫頭你也蜜餑餑似的親著——」

「誰愛她，魏女士，誰是個孫子！」趙子曰急扯白臉的分辯：「我要利用她！現在呢我們又吹了燈，你沒聽見我說要槍斃那個魏老頭子嗎！我告訴你，你個小——不用和老大哥敲著撩著耍嘴皮子！說真的！」

「這像自己朋友的話啦！」歐陽天風似乎非被人叫作什麼小——不歡喜，臉上又紅撲撲的笑出一朵花兒來。「我告訴你，你打算利用魏丫頭，叫作白費蠟！誰是你們的介紹人？老武！老武要是看出那條路順當好走，他為什麼不去，而叫你去？他要是明知道魏老頭子不好鬥而安心叫你去碰釘子，那怎算知己的朋友?!好，我不多說，反正現在你不信任我，我知道你愛老武——」

「你要是瞎說，我可捶你一頓！」趙子曰笑得一雙狗眼擠成兩道細縫，輕輕的打了歐陽天風的肉，肉嘟嘟的小脊樑蓋兒一下。

「得了老大哥！不說了！」歐陽天風笑著說：「說正經的！你到底對王女士怎麼樣？告訴我！你要知道：現在張教授是大發財源，我聽說他那部新著作，一下子就賣了三千塊！這是一。還有李瘦猴兒天天鰾著她，一步不肯放鬆；瘦猴兒近來居然穿上白鞋，綢子學生服，也頗往漂亮裡打扮，這是二。有這麼兩塊臭膠黏著她，你要是不早下手，等別人把稠的撈了去，你可是白瞪眼！」

「我現在一心謀差事呢！」趙子曰說：「差事到手，再娶媳婦，不是更威風嗎？」

「我也盼著你作官哪！」歐陽天風敲著小蜜桃兒的嘴說：「你作了官，我不是也就跟著抖起來了嗎！可是有一樣，娶媳婦比作官更要緊！你看：當咱們在學校的時候，你說你念不下去書。為什麼？短個知心的女友！男女之際，大慾存焉，這是上帝造人的一點秘密！不信，你今天娶了她，不幾天的工夫就能找到事情作；因為心中一痛快，人得喜事精神爽，你才能鼓起精神去作事。照你現在這樣無精少采的，半死不活的，而想去謀事，那叫老和尚看嫁妝，下輩子見吧！比如你去見政客偉人，一陣心血來潮，想起貴府上那位小粽子式腳兒的尊夫人；人家問東，你要不答西才怪！你能謀上差事才怪！我說的對不對？

老趙！」

趙子曰閉上眼睛細細的回想：乍結婚時候的快樂，和這幾年的抑鬱牢騷，兩相比較，千真萬確正和歐陽天風的話一個樣。歐陽的一片話恰好是他自己心中那部痛史的短峭精到的一篇引言。幾年來所欲灑而未灑的眼淚，都被歐陽這幾句點破，好像鋒快的小刀切在熟透的西瓜上，紅穰黑子的迎刃而裂。官事的不成，學業的不就，煙酒的沉溺，金錢的糜費，全有了可以自恕的地方。心中不真樂，怎會不荒唐！心中不痛快，怎能念書，作官！

他從前只以為瘋著心要再婚是一種獸慾上的需要；現在他才明白，再婚是在獸慾而上的一種要求；如能把這一點要求滿足了，成聖成賢，立銅像，豎硬蓋大王八馱著的石碑，胥在斯矣！子曰：——趙子曰！曰——「婚而時結之，不亦樂乎！」

歐陽天風看著趙子曰深思默想，呆呆的不敢攪亂他。趙子曰一會兒點點頭，一會兒張張嘴，比孫大聖過火焰山還奇幻。忽然他把手一拍，說：

「是這麼著！歐陽你去辦！老大哥決定了：先娶妻後作官！」

「老趙你真算聰明就完了，我佩服你！」歐陽天風笑著說：「三天之內，准保叫你見她一面！老趙！先給我十塊錢，這回不說『借』了！方便不方便？」

「拿去！老大哥有錢！」

二十　王女士的信

「歐陽先生！」歐陽天風剛進天台公寓的大門，李順大驚小怪的喊：「歐陽先生！可了不得啦！市政局下了什麼『壞人狀』，武先生作了官啦！」

「委任狀大概是？」歐陽天風心中一動，卻還鎮靜著問：「他補的是什麼官，知道不知道？」

「官大多了！什麼『見著就磕』的委員哪！」

「建築科，是不是？」

「正對！就是！喝！武先生樂得直打蹦，趙先生也笑得把屋裡的電燈罩兒打碎！樂了一陣，他們雇了一輛大汽車出前門去吃飯去了。」李順指手畫腳的說：「先生你看，武先生作了官，連我李順也跟著樂得併不上嘴，本來嗎，沒有祖上的陰功能作——」

「他們上那兒吃飯去了？」歐陽天風搶著問。

「上——什麼樓來著！你看——」

「致美樓？」

「對！致美樓！」

歐陽天風把眼珠轉了幾轉，自己噗哧一笑，並沒進屋裡去，又走出大門去了。出了公寓，雇了輛車到致美樓去。

「啊哈！老武——武大人！」歐陽天風跳進雅座去向武端作揖：「大喜！大喜！」

武端正和趙子曰瘋了似的暢飲，忽然見歐陽天風闖進來，武端本想不招持他，繼而心中轉了念頭，站起來還了個揖請他坐下。趙子曰一心的怕武端不理歐陽天風，忙著向歐陽打招呼；可是歐陽連看趙子曰也不看，把那團粉臉整個的遞給武端。

「武大人，前幾天我告訴你什麼來著，應驗了沒有？嗐！穿上華絲葛大衫，拿上竹杆大煙袋，非作官不可嗎！」歐陽天風說著自己從茶几上拿了一份匙筋，吃喝起來。

武端本想給歐陽天風個冷肩膀扛著，可是細一想：既然作了官，到底不應當多得罪人，知道那一時用著誰呢。況且自己的志願已達，何必再和歐陽鬥閒氣。於是把前嫌盡棄，說說笑笑的一點不露痕跡。

歐陽天風和武端說笑，不但不理趙子曰，而且有時候大睜白眼的硬頂他，趙子曰的怒氣不從一處來，忽然把筷子往桌上一拍，立起來拿起大衫和帽子就往外走。

「怎麼啦？老趙！」武端問。

「我回公寓，心中忽然一陣不合適！」趙子曰說著咚咚的走下樓去。

武端立起來要往外走，去拉趙子曰。歐陽天風輕輕拍了武端的肩膀一下，又遞了個眼神，武端又莫名其妙的坐下了。

「老趙怎麼啦？歐陽！」武端問。

「不用管他，我有法子治他！」歐陽天風笑著說：「我問你，老武，一件要緊的事！你是要娶魏女士嗎？現在作了官，當然該進行婚事！」

「我和魏女士沒關係，不過彼此認識就是了。」武端咬言咂字的說，頗帶官僚的味道：「再說，我的差事並不是托她的人情！沒關係！」

「那麼，你看王女士怎樣？」歐陽天風很懇切的問。

「你不是給老趙介紹她哪嗎？」武端心中冷淡，面上笑著說。

「他說他又改了主意，不再娶了。所以我來問你，我早就有心這麼辦，你可別想我看你作了官巴結你！」歐陽天風又自己斟上一杯酒：「說真的，王女士的模樣態度真不壞！」

「可是，我現在還沒意思結婚，先把官事弄好再說！」武端笑著說。

這件事要是擱在委任狀下來以前，武端登時就去找趙子曰告密。可是，現在作了官，心中總得往寬宏大量裡去。前幾天一心一意要知道歐陽天風與王女士的秘密，甚至和歐犯心鬧氣；現在呢，就是歐陽有心告訴他，他也不願意聽；因為作官的講究混含不露，講究探聽政治上的隱情，那還有工夫聽男女學生的事情呢。武端認清了兩條路：作學生的時候出鋒頭是嘴上的，越說得花梢，越顯本事；作官的時候出鋒頭是心裡的勁兒，越吐掩抑越見長處。

「那麼你無意結婚？」歐陽天風釘了一句。

「沒有！」

「也對！」歐陽天風又轉了轉眼珠：「作官本來是件要緊的事嗎！我說，你給老趙也運動著吧？」

「正在進行，成功與否還不敢定！」

「我盼著你們兩個都抖起來，我歐陽算有飯吃了！」

「自然！」

「老武！你回公寓嗎？」

「不！還要去訪幾位同事的，晚上還要請客！」

「那麼，咱們晚上公寓見吧！謝謝你，老武！」歐陽天風辭別了武端，慌著忙著回公寓。

「老趙！老趙！」

「誰呀？」趙子曰故意的問。

「我？」歐陽天風開開屋門進去。

「歐陽天風呀！還理咱這不作官的嗎？」趙子曰本來在椅子坐著，反倒一頭躺在床上。

「老趙！你可別這麼著！」歐陽天風板著臉說：「我一切的行動全是為你好！」

「不理我，冰著我，也是為我好？嘻嘻！」

「那是！難道你不明白前幾天我和老武犯心嗎？現在他作了官，不用說，你得求他提拔你了。可是，設若他一想：咱們倆是好朋友，他因為恨我，就許也把你擱在脖子後頭！我捨著臉去見他，並不是為我，我決不求他，為你！為你！你走後，你看我這個託付他，給你託付！為真朋友嗎，捨臉？殺身也幹！你姓趙的明白這個？」

「得！算你會說！小嘴兒叭噠叭噠小梆子似的！」趙子曰坐起來笑了。

「幹嗎會說呀，我真那麼辦來著！我問你，老武給你運動的怎樣了？」

「他說只有文書科有個錄事的缺，我告訴他不必給我活動，咱老趙窮死也不當二十塊錢的小錄事！」

「什麼？你拒絕了他？你算行！姓趙的，你這輩子算作不上官了！」歐陽天風真的急了，一個勁搖頭歎息。

「不作官就不作，反正不當小錄事！」趙子曰堅決而自尊的說。

「比如你為我去當錄事，把二十塊錢給我，你去不去？」

「我給你二十塊錢，不必去當錄事！再說，我可以給你謀個錄事，假如你有當錄事的癮！」

「我也得會寫字呀，這不是打哈哈嗎！也好，老趙，我佩服你的志願遠大！得！把這一篇揭開，該說些新鮮的了：後天，禮拜六，下午三點鐘到青雲茶樓上去見她！……」

青雲閣商場所賣的國貨，除了竹板包錫的小刀小槍，和血絲糊拉的鬼臉兒，要算茶樓中的「坐打二簧」為最純粹。這種消遣，非是地道中國人決不會欣賞其中的滋味。所謂地道中國人者是：第一，要有個能容三壺龍井茶，十碟五香瓜子的胃；第二，要有一對鐵作的耳膜。有了這兩件，然後才能在臥椅上一躺，大鑼正在耳底下噹噹的敲著「四起頭」，嗩吶狼嚎鬼叫的吹著「急急風」。

有些洋人信口亂道，把一切污濁的氣味叫作「中國味兒」，管一切亂七八糟不乾淨的食品叫「中國雜碎」。其實這群洋人要細心檢查檢查中國人的身體構造，他們當時就得啞然自笑而欽佩中國人的身體構造是世界上最進化的，最完美的。因為中國人長著鐵鼻子，天然的聞不見臭味；中國人長著銅胃，莫說乾炸丸子，埋了一百二十多年的老松花蛋，就是肉片炒石頭子也到胃裡就化。同樣，為叫洋人明白中國音樂與歌唱，最好把他們放在青雲閣茶樓上；設若他們命不該絕，一時不致震死，他們至少也可以鍛煉出一雙鐵耳朵來。他們有了鐵耳朵之後，敢保他們不再說這大鑼大鼓是野蠻音樂，而反恨他們以前的耳朵長的不對。

歐陽天風和趙子曰到了青雲閣，找了一間雅座，等著王女士。「坐打二簧」已經開鑼，噹噹噹噹敲得那麼有板有眼的把腦子震得生疼。鑼鼓打過三通，開場戲是《太師回朝》。那位太師的嗓音：粗而直像牛，寬而破像豬。牛吼豬叫聲中，夾著幾聲乾而脆的彩聲，像狗。這一團牛豬狗的美，把趙子曰的戲癮鉤起來了。搖著頭一面嗑瓜子一面哼唧著：「太師爺，回朝轉……」

「我說，她可准來呀？」趙子曰唱完《回朝》，問：「上回在女權會你可把我騙了！」

「准來！」歐陽天風的臉上透著很不自然，雖然還是笑著。

兩個人嗑著瓜子，喝著茶，又等了有半點多鐘，趙子曰有些著急，歐陽天風心中更著急，可是嘴裡不住的安慰趙子曰。

瓜子已經吃了三碟，王女士還是「不見到來」，趙子曰急得抓耳撓腮，歐陽天風的臉蛋也一陣陣的發紅。

小白布簾一動，兩個人「忽」的一聲全立起來，跟著「忽」的一聲又全坐下了。原來進來的是個四十多歲的僕人，穿著藍布大衫，規規矩矩的手中拿著一封信。

「那位姓趙呀？先生！」

「我！我！」

「有封信，王女士打發我送給先生！」那個人說著雙手把信遞給趙子曰：

「先生有什麼回話沒有？」

歐陽天風沒等趙子曰說話，笑著對那個人說：「你坐下，喝碗茶再走！」

「嗻！不渴。」

「你坐下！」歐陽天風非常和藹的給那個人倒了一碗茶。「你從北大宿舍來吧？李先生打發你來的？」

那個人看了看歐陽天風，沒有言語。

「說！不要緊！」歐陽天風還是笑著說：「我們和李先生是好朋友！」

「嘛！李先生囑咐我，不叫我說。先生既是他的好朋友，我何必瞞著，是，是李先生叫我來的！」

「好！老趙！你給他幾個錢叫他回去吧！回去對李先生說，信送到了，不必提我問你的話！」

趙子曰給了那個僕人四角錢，那個僕人深深的給他們行了一禮，慢慢的走出去。

趙子曰把信打開，歐陽天風還是笑著過來看：

子曰先生：

你我素無怨嫌，何必迫我太甚！

你信任歐陽天風，他是否好人？我不能去見你，你更沒有強迫我的權利！你細細思想一回，或者你就明白了你的錯處。設若你不思想，一味聽歐陽的擺佈，你知道：你我只都有一條命！

王靈石

趙子曰一聲沒言語，歐陽天風還是乾笑，臉上卻煞白煞白的了！

趙子曰直等看著歐陽天風脫衣睡了覺，他才回到自己屋中去。一個人坐了半天，盼著武端回來再說一會話兒，鐘打了十二點，武端還沒有回來。他喪膽失魂的上床去睡。已經脫了衣裳心中忽然一動，又披上大衫到南屋去看。走到南屋的階下把耳朵貼在窗上聽，沒有聲音。他輕輕推開門，摸著把電燈撚開，他心裡涼了一半；床上並沒有歐陽天風，可是大衫和帽子還在牆上掛著。

他三步兩步跑到廁所去看，沒有！趙子曰可真著了急，跑回歐陽天風屋裡坐在床上把前後的事實湊在一處想：「他到底和她有什麼關係？我怎麼渾著心從前不問他！」拍，拍，打了自己兩個嘴巴。「老李，老武全警告過我。對，還有老莫。我怎麼那樣粗心，不信他們的話！」拍，拍，又打了兩個嘴巴，可是沒有第一次的那麼脆亮。「啊！」他跳起來了。「想起老莫，就想起她的住址來了。對！」他顧不得把電燈捻滅，也顧不得去穿上衣褲，只把大衫鈕子扣好；

光著眼子穿大衫，向大街上跑。跑到街上就喊洋車，好在天氣暑熱，車夫收車比較的晚了，他雇了一輛到張家胡同。

約摸著到了張家胡同中間，他叫車夫站住。他下了車回手一摸，壞了，只摸著了滑出溜的大腿，沒帶著錢。要叫車夫在這裡等著，自己慢慢的去找王女士的門，車夫一定不放心。叫車夫拉到王女士的門口去，他又忘了她的門牌是多少號，登時叫車夫把他拉回公寓去，自己幹什麼來了？這一著急，身上出了一層黏汗。

「我說拉車的！」他轉悠了半天，低聲的說：「我忘了帶錢！你在這裡等一等，我上東邊有點事，回頭你把我拉回鼓樓後天台公寓，我多給你點錢，行不行？」

「什麼公寓？」

「天台！」

「你是趙先生吧？天黑我看不清，先生！」拉車的說。

「是我姓趙！你是春二？」趙子曰如困在重圍裡得了一支救兵。「好，春二你在這裡等著我！」

「沒錯兒，先生！」

趙子曰把春二留在胡同中間，他自己向東走，他只記得莫大年說王女士院中有株小樹，而忘了門牌多少號。於是他在黑影裡努著眼睛找小樹。又壞了，路北路南的門兒裡，有好幾家有小樹的，知道那一株是莫大年所說的小樹呢？他耐著性兒，慢慢擦著牆根，沿著門看門上的姓名牌；幾家離著路燈近的，影影抄抄的看得見；幾家在背燈影裡，一片黑咕籠咚什麼也看不見。他小老鼠似的爬來爬去，一陣陣的夜風從大衫中吹了個穿堂，他覺得身上皮膚有些發緊，他站在那裡，進退兩難的想主意；腦子的黑暗好像和天色的黑暗連成一片，一點主意沒有。忽然腿肚子上針刺一疼，他機靈的一下子拔腿往西走；原來大花蚊子不管人們有什麼急事，見著光腿就咬。

「春二！」他低聲的叫。

「嗻！趙先生！上車您哪？」

趙子曰上了車，用大衫緊緊箍住腿。春二把車拉起來四六步兒的小跑著。

「我說先生，黑間半夜還出來？」春二問。

「哼！」

「先生看咱拉的在行不在行？才拉一個多禮拜！作買賣，哈，我告訴您——哪，所以的，哈，不進銅子！沒法子，哈，拉吧！咳！哈！拉死算！」春二一邊喘一邊說。這種舉動在洋車界的術語叫作「說山」。如遇上愛說話的坐車的，拉車的就可以和他一問一答的而跑得慢一些，而且因言語的感動，拉到了地方，還可以有多掙一兩個銅子的希望。可是這種希望十回總九回不能達到，所以他們管這個叫「說山」，意思是：坐車的人們的心，和山上的石頭一樣硬。春二拉車的第三天，就遇上了一個大兵，他竟自把那個大兵說得直落淚。拉到了海甸，那個大兵因受了春二的感動，只賞了春二三皮帶，並沒多打。

趙子曰滿心急火，先還哼兒哈兒的支應春二，後來爽得哼也不哼，哈也不哈了。可是春二依然百折不撓的說，越說越走得慢。

到了天台公寓，趙子曰跳下車來，告訴春二明天來拿錢。春二把車拉走，一邊走一邊自己叨嘮：「敢情先生沒穿褲子，在電燈底下才看出來，可是真涼快呀……」

趙子曰進了大門，往南屋看，屋裡的燈還亮著呢。他拉開門看：歐陽天風穿著小褂呆呆的在椅子上坐著。桌子上放著一把明晃晃的小刺刀。他見趙子曰進來，嚇了一跳似的，把那把刺刀收在抽屜裡。兩眼直著出神，牙咬得咯吱咯吱的響。

「我說，你到底是怎麼回事？」趙子曰定了定神，問。

歐陽天風用袖子擦了擦臉，跟著一聲冷笑，沒有回答。

「說話！說話！」趙子曰過去用力的搖晃了歐陽天風的肩膀幾下。

「沒話可說！」歐陽天風立起來，鞋也沒脫躺在床上。

「嘿！你真把我急死！說話！」

「告訴你呢，沒話可說！她跑啦！跑啦！你要是看我是個人，子曰，睡你的覺去，不必再問！」

廿一　思想的機會

第二天早晨起來，趙子曰到歐陽天風屋裡去看，歐陽已經出去了。把他抽屜開開，喘了一口氣，把心放下了，那把刺刀還在那裡。他把它拿到自己屋中去，藏在床底下。

他洗了洗臉，把春二車錢交給李順。到天成銀行去找莫大年。莫大年出門了。

趙子曰皺著眉頭往回走，到公寓找武端。武端只顧說官場中的事，不說別的。

他回到自己屋中，躺在床上。眼前老有個影兒：歐陽天風咬著牙往抽屜裡收刀！

自從趙子曰在去年下雪的那天，思想過一回，直到現在，腦子的運動總是不得機會。

刀！咬著牙的歐陽天風！給了趙子曰思想的機會！

趙子曰要是個寧捨命不捨女人的法國人，他無疑的是拿刀找李景純！不，他是中國人！

他要是個一點人心沒有的人，他應該幫助歐陽天風去行凶！不幸，他的激烈的行動都是被別人鼓惑的，他並沒有安著心去作惡。捆校長，打教員，是為博別人的一笑，叫別人一伸大拇指，他並沒有和人決鬥的勇氣！他也許真為作好事捨了命，可是他的環境是只許他為得一些虛榮而彷彿很勇敢似的幹。

就是李景純真奪了他的情人，他也不敢和李景純去爭鬥。他始終怕李景純，或者這個畏懼中含著一點「敬仰」的意思。就是他毫無敬畏李景純的心，他到底覺得李景純比他自己多著一些娶王女士的資格。他是結過婚的人，他自己知道！他的妻子離了他不能活著，他的家庭也不會允許他和她離婚，他自己也知道這個！

他愛歐陽天風並不和愛別人有多少差別，不過是歐陽天風比別人諂媚他，愚弄他多一些方法與花樣就是了。

凡是能耍花樣的就能支配趙子曰，這一點他自己覺不出來！耍花樣到了動刀殺人的地步，趙子曰傻了！他沒有心殺人，可是歐陽天風的動刀和他有關係！他沒辦法！

他若是生在太平的時候，這些愛情的趣劇也本來是有滋味的。他可以不顧一切，只想達到「有情人成眷屬」的含有喜氣的目的。他的社會是一團烏煙瘴氣，他的國家是個「破鼓萬人搥」的那個大破鼓。這個事實不必細想他也能理會得到。他知道：明白戀愛的男女不會比別人少挨大兵的打，自由結婚的人們也不會受外國人的特別優遇！他應當犧牲一點個人的享福替社會上作點事，他應當把眼光放遠一些，他應當把爭一個女子的心去爭回被軍人們剝奪的民權。

這些個話，李景純告訴過他，現在他想起來了！

然而想起來好話和照著辦與否是兩件事！他的心擠在新舊社會勢力的中間：小腳兒媳婦確是怪可憐的，同時王女士是真可愛！個人幸福本當為社會國家犧牲了的，可是，自家管自家的事又是遺傳的「生命享受論」！新的辦法好，舊的規矩也不錯，到底那個真好，他看不清！穿西服也抖，穿肥袖華絲葛大衫也抖，為什麼一定要「抖」？誰知道呢！

勸歐陽天風不要行兇，到底他和王女士有什麼關係？找李景純去求辦法，李景純又和她有什麼關係？回家，不願看那個小腳娘，也覺著沒臉對父母！不回家，眼前就是白刀子進去紅刀子出來的事！

朋友不少，李五可以告訴他怎樣唱《黃金台》的倒板，武端可以教給他怎麼請客，打牌。沒有能告訴他現在該當怎辦的。只有李景純能告訴他，可是怎好找他去！

教育是沒用的，因為教育是教人識字的，教育家是以教書掙飯吃的。趙子曰受過教育，可是沒聽過怎樣立身處世，怎樣對付一切。找老人去問，老人撅著鬍子告訴他：「忠孝雙全，才是好漢。」找新人去求教，新人物說：「穿上洋服充洋人！」

在這種新舊衝突的時期，光明之路不是閉著眼瞎混的人所能尋到的，不幸，趙子曰又是不大愛睜眼的人。

現在他確是睜著眼，可是那能剛一睜眼就看明「三條大道走中間」的那條中路呢！

越想越沒主意，不想眼前就是禍，趙子曰急得落了淚！

趙子曰老以為他自己是個重要人物。

現在，歐陽天風由天台公寓搬走了，連告訴趙子曰一聲都沒有！武端板著黃臉，縣太爺似的一半閒談，一半教訓似的和趙子曰說東說西。找莫大年去，又怕他沒工夫閒談。找李景純去，又怕他不招待。雖然李順還是照舊的伏侍他，可是他由心中覺出自己的不重要了！

心裡要是不痛快，響晴的天氣也看成是黑暗的。連票友李五也不來了，其實趙子曰只有兩天沒請他吃飯。勉強著打幾圈牌，更叫他生氣，輸錢倒是小事，手裡握著一對白板就會碰不出來！他媽的……

到屋裡看看那張蘇裱的戲報子，也覺得慘澹無光。「趙子曰」三個大金字不似先前那麼放光了！

歐陽天風搬走之後，趙子曰的眼睛掉在坑兒裡，兩片厚嘴唇撅得比平常長出許多。戲也不唱了，只抱著瓶子「灰色劑」對著「蘇打水」喝，越喝越懊惱！

他又找了莫大年去。

「老趙！你怎麼啦？」莫大年問。

「老莫！我對不起你！」趙子曰幾乎要哭：「你在白雲觀告訴我的話，是真的！」

「你看，我那能冤你呢！」

「老莫！我後悔了！」趙子曰把歐陽天風怎樣半夜拿刀去找王女士的情形大概的說了一遍：「現在我怎麼辦？他要真殺了她，我於心何忍！他要是和李景純打架，老李那是歐陽的對手！老莫，你得告訴我好主意！」

「哼！」莫大年想了半天才說：「還是去找老李要主意，我就是佩服他！」

「難道他不恨我！」

「不能！老李不是那樣的人！你要是不好意思找他去，我給他打電話叫他去找你。他聽說你為難，一定願意幫助你，你看好不好？」

「就這麼辦吧！老莫！」

廿二 兩條道路

趙子曰正在屋裡發楞，窗外叫：「老趙！老趙！」

「啊！老李吧？進來！」

李景純慢慢推開屋門進去。擦了擦頭上的汗，然後和趙子曰握了握手。這一握手叫趙子曰心上刀刺的疼了一下！

「老李！」趙子曰低聲的說：「王女士怎樣了？別再往壞處想我，我後悔了！」

「她現在十分安穩，沒危險！」李景純把大衫脫下來，慢慢的坐在一張小椅子上。「老趙，給我點涼水喝，天真熱！」

「涼茶行不行——」

「也好！」

「我問你，歐陽找你去搗亂沒有？」

李景純把一碗涼茶喝淨，笑了一笑：「沒有！他不敢！人們學著外國人愛女人，沒學好外國人怎樣尊敬女人，保護女人！歐陽敢找我去，我叫他看看怎樣男人保護女人！老趙！我的手腕雖然很細，可是我敢拚命，歐陽沒那個膽氣！」

趙子曰低著頭沒言語。

「老趙！我找你來並不為說王女士的事，我來求你辦一件事，你願意幹不願意？」

「說吧！老李！我活了二十多歲還沒辦過正經事呢！」

「好！」李景純身上的汗落下去了，又立起來把大衫穿上。「老趙，你聽著，等我說完，你再說話。我是個急性子，願意把話一氣說完！」

「老李你說！」

「我現在有兩件事要辦，可是我自己不能兼顧，所以找你來叫你幫助我。我要求你作的事是關於老武的：我聽得一個消息，老武和他的同事的勾串外國人，要把天壇拆毀，一切材料由外國人運到外國去，然後就那個地址給咱們蓋一座洋樓，還找給市政局多少萬塊錢。老武這個人是：有人說胖子好看，他就立刻回家把他父親的臉打腫；他決無意打他父親，而是為叫他父親的臉時興好看。他只管出鋒頭而不看事情的內容。這次要拆天壇也是如此，他決不是為錢，是要在官場中顯顯他辦事的能力。

「我想，我們國家衰弱到這樣，只有這幾根好看的翎毛——古蹟——支撐著門面，我們不去設法保存修理，已經夠可恥的了，還忍心破壞嗎！為什麼外國人要買那些東西，難道外國人懂得什麼叫愛古蹟，什麼是『美』，我們就不懂得嗎？老趙你和老武不錯，我願意叫你勸勸他，他聽了呢更好；不然呢，為國家保存體面起見，跟他動武也值得的。我不主張用武力，可是真遇上糊塗蟲還非此不可！我決不是叫你上大街去賣嚷嚷，老趙，你聽明白了！因為我們要是打著白旗上大街去示威，登時就有人說我們是受了這國人的賄賂，不願把天壇賣給那國人，那麼，天壇算是拆妥了！我的意思是：先去勸他；不聽，殺！殺一個，別的人立刻打退堂鼓；中國的壞人什麼也不怕，只怕死！為保存天壇殺了我們的朋友，講不來，誰叫公私不能兩全呢！

「你也許疑心：為什麼因保存一個古蹟至於流血殺人？老趙！這大有關係：一個民族總有一種歷史的驕傲，這種驕傲便是民心團結的原動力；而偉大的古蹟便是這種心的提醒者。我們的人民沒有國家觀念，所以英法聯軍燒了我們的圓明園，德國人搬走我們的天文台的儀器，我們毫不注意！這是何等的恥辱！試問這些事擱在外國，他們的人民能不能大睜白眼的看著？試問假如中國人把英國的古蹟燒毀了，英國人民是不是要拚命？不必英國，大概世界上除了中國人沒有第二個能忍受這種恥辱的！所以，現在我們為這件事，那怕是流血，也得幹！引起中國人的愛國心，提起中國人的自尊心，是今日最要緊的事！沒有國家觀念的人民和一片野草似的，看著綠汪汪的一片，可是打不出糧食來。

「現在只有兩條道路可以走：一條是低著頭去念書，念完書去到民間作一些事，慢慢的培養民氣，一條是破命殺壞人。我是主張和平的，我也知道青年們輕於喪命是不經濟的；可是遇到這種時代還不能不這樣作！這兩樣事是該平行並進的，可是一個人不能兼顧，這是我最為難的地方，也就是今天替你為難的地方：我勸過你回家去種地，順手在地方上作些事，教導教導我們那群無知無識的傻好鄉民。可是，跟老武去拚命，也不算不值得，我不知道叫你作那樣去好！」

「老李！」趙子曰說：「我聽你的！叫我回家，我登時就走！叫我去賣命，拿刀來！」

「這正是我為難的地方呢！」李景純慢慢的說。

「我知道你不是個願把別人犧牲了的人。」趙子曰想了半天才說：「這麼辦：我自己挑一件去作，現在先不用告訴你。也許我今天就回了家，也許我明天喪了命。我回了家呢，我照著你告訴我的話去作些事；我喪了命呢，我於死的前一分鐘決不抱怨你！」

「好吧！你自己想一想！自然，我還是希望你回家！」

李景純立起來要往外走。

「等一等！老李！」趙子曰把李景純拉住，問：「你要辦的是什麼？你不是說有兩件事我們分著作嗎？」

「我的事，暫時不告訴你！再見！老趙！」

趙子曰等著武端直到天亮，武端還沒回來，他在床上忍了一個盹兒，起來洗了洗臉到市政局去找武端。到了市政局門口，老遠的看見武端坐著輛洋車來了。車夫把車放下，武端還依舊點著頭打盹。

「先生，醒醒吧！到了！」車夫說。

「啊？」武端睜開兩隻發麵包子似的眼睛，一溜歪斜的下了車。

武端正迷離迷糊的往外掏車錢，趙子曰對那個車夫說：

「再喊一輛，拉鼓樓後天台公寓！」

說完，他把武端推上車去，武端手裡握著一把銅子又睡著了。……

到了天台公寓，趙子曰把武端拉到第三號去。武端一頭躺在床上就睡，一句話也沒說，趙子曰把屋門倒鎖上，從床底下把歐陽天風的那把刺刀抽出來。

「醒醒！老武！」

「啊！六壺？我剛碰了白板！」武端眼也沒睜，嘟囔著。

「你——醒——醒！」趙子曰堵著武端的耳朵喊。

武端勉強睜開了眼，趙子曰把刺刀在他眼前一晃，武端揉了揉眼，看見眼前是把刀，登時醒過來了。他的已經綠了的臉更綠了，好像在綠波中浮著一片綠樹葉。

「怎回事？」武端說完連著打了三個哈欠。

「老武！朋友是朋友，事情是事情，我指著這把刀問你一句話：你是打算賣天壇嗎？」

「是！」武端的嗓音都顫了：「並不是我一個人的主意！」

「我先找你，別人一個也跑不了！」趙子曰拍的一聲把刀放在桌上。「反對這件事的理由很多，不必細說，你只想想外國人為什麼要買就夠了！你我是好朋友，我先勸告你，你答應我撤銷前議，咱們是萬事全休，一天雲霧散！不然，老武，你看見這把刀沒有？你殺我也好，我殺你也好，你看著辦！」

武端看著趙子曰神色不正，不敢動，也不敢喊叫；他知道趙子曰的力氣比他大，又加上自己一夜沒睡覺，身上一點力量沒有。他知道：要是一喊叫，救兵沒到以前，自己的脖子和腦袋就許分了家！

「老趙！你許我說話不許？」武端想了半天大著膽子問。

「說你的！」趙子曰說著給武端一條濕手巾：「擦擦臉，醒明白了再說！」

「老趙，我問你三個問題！」武端用濕手巾擦了擦臉，真的精神多了：

「是好朋友呢，回答我的問題！專憑武力不講理呢，我乾脆把脖子遞給你！你猜——」

「說！我接著你的！」趙子曰冷笑了一聲。

「第一，誰告訴你的這件事？」

「老李！」

「好！第二，除了為保存天壇，還有別的目的沒有？是不是要——」

「指著賣古物佔便宜，我罵他的祖宗！」

「也好！第三，我要是因撤銷前議而被免了職，你擔保給我找事嗎？」

「我管不著！」

「那未免太不講交情啊！」武端現在略壯起一些膽子來：「我一一解說這三個問題，你聽著——」

「趙先生！電話！」李順在門外說。

「誰？」

「莫先生！」

「告訴他等一會兒再打！」

「嚥！」

「說你的！老武！」

「第一，老李為什麼告訴你，不告訴別人？」武端問：「他為什麼現在告訴你，而以前沒求你做過一回事？是不是他和王女士的關係已到成熟的程度，要挑撥你我以便借刀殺人？你殺了我，你也活不了；我殺了你，自然你不會再活；你死了，他不是就無拘無束的可以娶她嗎？」

「王女士與我沒關係，你這些猜測是沒用，我聽聽你的第二！」

「好！你知道拆天壇改建什麼不知道？」

「不知道！」

「蓋老人院！把一座老廢物改成慈善機關，大概沒有人反對吧？你口口聲聲說保存古物，我問問你，設若遇上內亂，叫大兵把天壇炸個粉碎，大兵能負責再蓋一座嗎，或者改造一個老人院嗎？你要是攔不住大兵的槍炮炸彈，我看也就沒有理由來干涉我；況且我要作的是破壞古物，建設慈善事業！

「還是那句話，你若是要從中找些便宜，好老趙的話！我姓武的滿可以為力；比如說謀個修蓋老人院的監工員，自要你明說，我一定可以替你謀得到！

「至於我自己，這是第三個問題，不為利，只為名，這個大概你明白！我辦好這件事，外國人給市政局幾十萬塊錢，局子裡就可以墊補著放些個月的薪水；那就是說：由局長到聽差的全得感念咱的好處。這麼一辦，一方面救不少窮作官的，一方面我自己樹立些名聲。我知道拆賣古物是不光榮的，可是在這種政府之下，為窮苦無告的老人設想，為窮作官的設想，還是一件地道的善事。你要責備我，最好先責備政府，政府要是有錢，難道作官的還非偷偷摸摸的賣古物不可？所以從各方面想，這件事我非作不可，不為錢，為名，為得較高的地位！有人攔著我不叫我作，好，給我找好與建築科委員相等的事！不然，我不能隨便打退堂鼓！」

趙子曰心裡打開了鼓：李景純的話有理，武端的話也不算沒理。他呆呆的看著桌上那把刀，一聲沒言語。

「趙先生，電話，還是莫先生！」李順在院內說：「莫先生說有要緊的事！」

趙子曰看了看武端，皺著眉走出去。

「喂！老莫！是⋯什麼？⋯⋯老李？⋯⋯我就去！」

趙子曰把電話機掛好，臉上一點血色也沒有了，跑到屋裡，抓起帽子就往外跑。

「怎麼啦？老趙！」武端問。

「老李被執法處拿去了！」趙子曰只說了這麼一句，驚慌著跑出大門去。

「老莫！怎麼樣？」趙子曰急得直跺腳。

「我已疏通好，我們可以先去見老李一面，他現在在南苑軍事執法處！」莫大年臉也是雪白，哆哩哆嗦的說：「快走！你身上沒帶著什麼犯禁的東西呀？到那裡要檢查身體！一把小裁紙刀也不准帶！」

「身上什麼也沒帶！走！老莫！」

兩個人跑到街上，雇了一輛摩托車向南苑去。坐在車裡，一路誰也沒說話。到了南苑司令部，莫大年去見一位軍官。那個軍官只許他們見李景純五分鐘。然後把趙子曰也叫進去，檢查了身體，那個軍官派了兩名護兵把他們領到執法處的監牢去。

兩個護兵一個是粗眉大眼的山東人，一個是扁腦杓，薄嘴唇的奉天人。兩個人的身量全在六尺出頭，橫眉立目，有虎豹的凶惡，沒有虎豹的尊嚴威美。

腰中掛著手槍，背上十字插花的兩串子彈，作賊作兵在他們心中沒有分別，自要有手槍與彈他們便有飽飯吃。

軍營的監獄在司令部的南邊。一溜矮房，圍著土打的牆，牆外五步一崗的圍著全身武裝的大兵。新栽的小柳樹，多半死少半活著的在土牆內外稀稀的展著幾條綠枝。一個小鐵門，門外立著一排兵：明晃晃的槍刺在日光下一閃一閃的，把那附近一帶的地方都瞧得冷森森的，雖然天上掛著一輪暑天的太陽！

那一溜小矮房共有三十多間，每間也不過三尺長二尺寬。沒有床鋪，沒有椅凳，什麼也沒有，只有大鐵鍊上鎖著個活人。四圍的土牆離這列房子前後左右都有一丈來的遠；左邊曬著馬糞，右邊是犯人每天出來一次大小便的地方。院中有蒼蠅和屎蜣螂飛得嗡嗡的亂響，和屋中的鎖鏈聲連成一片世間僅有的悲曲！屋子裡是濕鬆的土地，下雨的時候，牆角一群一群的長著小蘑菇。四面沒有窗子，前面只有一扇鐵門，白天開著，夜間鎖上：屋裡的犯人時常有不等再開門，就在鐵門後與世長辭了！四圍的糞味和屋中的奇臭，除了抵抗力強於牛馬的，很少有能在那裡活上十天半月的！門外的兵們成年的在那裡立著，他們不怕，因為他們的身體構造是和野獸一樣的。

到了監獄，兩個兵把他們領到李景純那裡。李景純只穿著一身褲褂，小褂的肩部已撕碎，印著一片片的血跡，兩隻細腕上鎖著手鐲，兩條瘦腿上絆著腳鐐，臉上青腫了好幾塊，倚著牆低著頭站著。

那個奉天兵過去踢了鐵門兩腳：「媽的，有人看你來了！」

李景純慢慢抬起頭來往外看。看見趙子曰們，他又把頭低下去了。

趙子曰，莫大年的眼淚全落下來了。

「有話快說！」兩個兵一齊向他們說。

莫大年掏出兩張五塊錢的票子在兩個兵的手中，兩個兵彼此看了一眼，向後退了十幾步。

「謝謝你們！老趙！老莫！」李景純低著頭看著手上的鐵鐲慢慢的說：「這是咱們末次見面了！」

「老李！到底為什麼？」趙子曰問。

「一言難盡！時間大概也不容我細說！」

莫大年摸了摸衣袋中的錢包，又看了那兩個大兵一眼，對李景純說：「快說！老李！」

「我有把手槍，是四年前我在家中由一個逃兵手裡買的，還有幾個槍彈。」李景純往前挪了兩步，低聲的說：「是為我自殺用的！因為那時候我的厭世思想正盛。後來我改了心，我以為人間最不光榮的事是自殺；所以那把槍成了暗殺的利器了，自殺與暗殺全不是經濟的，可是因時事的刺激，叫我的感情勝過了理智；無論怎麼說吧，暗殺比自殺強，因為我要殺的人是人民的公敵，我不後悔，這樣喪命比自殺多少強一點！」

莫大年不忍的看李景純，把頭斜著向旁邊看。和李景純緊臨的房子內，一個囚犯正依著鐵門咬著牙用腕上的鐵鍊往下刷腿上被軍棍打傷的膿血，鐵鍊一動隨著大綠豆蠅嗡的往起一飛。莫大年把頭又回過來了。

「老趙，你還記得在女權會遇見的那個賀金山！他的父親是，在那個時候，大名鎮守使。他和歐陽天風是賭場妓院的密友。他的父親，賀占元，現在奉命作京畿守衛司令。賀占元在大名的時候，屈死在他手裡的人不計其數。現在他到北京就職，他要大施威嚇，除在通衢要巷槍斃幾個未犯死罪的囚犯外，還要殺一兩個較有名聲的人以壓制一切民眾運動。歐陽天風既和賀金山相好，所以他指名叫賀金山告訴他父親殺張教授。你們當然猜得到，他為什麼這樣辦。

「我從王女士那裡得來這個消息，因為前幾天歐陽天風喝醉了威嚇她，說漏了嘴。我呢，並不是為張教授賣命，因為我們沒有十分親密的關係；我是為民間除害！老趙！我昨天找你去的時候，我的主意已決定，可是我沒告訴你；作這種事是不能不嚴守秘密的。今天早晨我在永定門外等著他，嗐！沒打死他！詳細的情形，你們等看報紙吧，不用細說，我自恨沒有成功，我什麼也不後悔，只後悔我只顧念書而把身體的鍛煉輕忽了；設若我身體強，跑動得快，我也許成功了！嗐！完了——」

「你放心，老李！我們當然設法救你！」莫大年含著淚說。

「不必！老莫！老趙！假若你們真愛我，千萬不必救我！所謂營救者，不出兩途：一，鼓動風潮，多死些個人，為我而死些人，我死不瞑目；二，花錢賄賂；我沒打死他，人民的公敵，反拿錢去運動他，叫他發一筆財，我願意死，不忍看這個！——」

那兩個大兵又走過來了，莫大年偷偷的把錢包遞給他們，他們又退回去了。李景純歎了一口氣，看了莫大年一眼。然後接著說：

「我常說：救國有兩條道，一是救民，一是殺軍閥；——是殺！我根本不承認軍閥們是『人』，所以不必講人道！現在是人民活著還是軍閥們活著的問題，和平，人道，只是最好聽的文學上的標題，不是真看清社會狀況有志革命的實話！救民才是人道，那麼殺軍閥便是救民！軍閥就是虎狼，是毒蟲，我不能和野獸毒蟲講人道！

「黑暗時代到了！沒有黑暗怎能得到曙光！

「老莫！老趙！你們好好的去作事，去教導人民，你們的工作比我的難，比我的效果大！我只是捨了命，你們是要含著淚像寡婦守節受苦往起撫養幼子一樣困難！不用管我，去作你們的事！

「只有兩件事求你們：到宿舍收拾我的東西送回家去；和幫助我的母親——」李景純哭了，「你們看著辦，能怎樣幫助她就怎樣辦！她手裡有些錢，不多！我只求你們這兩件事，老趙，老莫，你們走吧！」

莫大年兩眼直著，說不出來話，也捨不得走。趙子曰跺了跺腳，隔著鐵欄拉住李景純上著手鐲的手：「老李！再見！」說完，他扯著莫大年往外走。

走到監獄外面，趙子曰咬著牙說：

「老莫！你去辦你的，我辦我的，快辦！不用聽老李的！非運動不可！你另雇車，我坐這輛車去趕天津的快車，有什麼消息給我往天津神易大學打電！」

「老李！我盡我的力量給你辦，成功與否我不敢說！」武端對李景純說：「不幸失敗了，你一定死；那麼，我今天在你未死以前求你饒恕我以前的過錯！我總以為我聰明，強幹，有見識，其實我是個糊塗蟲！我不是不知道什麼是好，什麼是歹；可是我嘴裡永遠不說好的，只說歹的；因為說著好聽，招笑！我心裡明鏡似的知道你是好人，老李，可是今天早晨我還故意的告訴老趙：你和王女士有秘密！老李！你饒恕我不？原諒我不？我是混蛋！我以為我多知，多懂，多知秘密；其實我什麼也不明白，甚至於不知道我自己到底在那兒立著呢，到底我是幹什麼的！老李，我後悔了！你的光明磊落把我心中的黑影照亮了！你要是不幸死了，在你死的以前別再想我是個壞人！我知道你決不計較我，可是我更進一步希望你在死前承認我是個有起色的朋友——」

「一定！」李景純點了點頭。

「拆賣天壇的事，老李你放心吧，我決不再進行。不但如此，我還要辭職，往回力爭。至於我將來的事業，還沒有一定的計畫。老李，我向來沒和你說過知心的話，今天你不能不教訓我了，假如你承認我是個朋友！你說我該作什麼？」

「老武！我謝謝你！」李景純低著頭說：「以往的事不必再說，你的錯處吧，我的不好吧，全是過去的，何必再提！現在呢，我求你千萬不必為我去運動，也不必再來看我，設若我還可以再活幾天。因為：我們能互相瞭解，不見面也是真朋友，生存不能變動的；我們不能互相瞭解，天天見面又有什麼用；況且，你來看我一次總要給兵們幾個錢，我真不愛看你這麼作！

「你的將來，我只能告訴你：潛心去求學！比如你愛學市政，好，趕快去預備外國文，然後到外國去學；因為這種知識不是在《五經》《四書》裡所能找出來的，也不是只念幾本書所能明白的。到外國去看，去研究，然後才能切實的明白。學好以後，不愁沒有用處；因為中國的將來是一定往建設上走的，專門的人才是必需的。

「自然，也許中國在五千年後還是拿著《易經》講科學，照著八卦修鐵路；可是我們不應這樣想，應當及早預備真學問，應當盼著將來的政府是給專門人才作事的機關，不是你作官拿薪水為職業的養老院。幾時在財政部作事的明白什麼是財政，在市政局的明白市政，幾時中國才有希望；要老是會作八股的理財，會講《春秋》的管市政，我簡直的說：就是菩薩，玉皇，耶穌，穆哈莫德，聯盟來保佑中國，中國也好不了！

「老武！快去預備，好好的預備！不必管我，我甘心一死！我最自恨的是我把幾年工夫費在哲學上，沒用！設若我學了財政，法律，商業，或是別的實用科學，我也許有所建樹，不這麼輕於喪命！我恨自己，不是後悔，我願意死了！

「至於我和王女士的事，老武，你去到我宿舍的床底下找，有兩封她的信，你和老趙們看看就明白了。這本來不是件要緊的事，可是臨死的人腦子特別細緻，把生前一切的事要想一個過兒，所以我也願意你們明白我與她的關係。完了！老武！再見！」

廿三　大暗殺案

「你能同我去找閻乃伯不能？」這是趙子曰見著周少濂的第一句話。

「他作了省長還肯見我！」周少濂提著小尖嗓說。

「你不去？現在可是人命關天！」

「我不去！去了好幾回了，全叫看門的給攔回來了！再說，到底有什麼事？」

「老李被執法處拿去了，性命不保！這你還不幫著運動運動嗎?!」

「是嗎？」周少濂也嚇楞了，楞了一會兒，詩興又發了：「我不去，我得先作輓詩，萬一老李死了，我的詩作不得，豈不是我的罪惡！」他說著落下淚來！

周少濂是真動了心，覺得只有趕快作輓詩可以減少一點悲痛！詩一作成，天大的事也和沒事一個樣子了！

「沒工夫和你說！你不去，我自己去！」趙子曰說完就往外跑。

到了閻乃伯的宅子，趙子曰跳上台階就往裡闖。

「咳！找誰？」門前的衛兵瞪著眼問。

「我前者是你們府上的教師，我要見見你們上司！」趙子曰回答。

「省長進京了，去給新任賀司令賀喜去了！」

「嘿！」趙子曰急得乾跺腳，想了半天才說：「我見見你們太太成不成？」

「我們太太病了！」

「我非見不可！我是你們少爺的老師，你能不叫我見嗎?!」趙子曰說著就往裡走。

「你站住！我們少爺死啦！」那個衛兵把趙子曰攔住。

「我非見你們太太不可！」趙子曰急扯白臉的說。

「好！我給你回稟一聲去，你等著！」那個衛兵向趙子曰惡意的笑了一笑。

那個衛兵不慌不忙的往裡走，趙子曰背著手來回打轉，心裡想：見了她比見他還許強，婦女們心軟，好說話。正在亂想，那個衛兵回來了，說：

「我們太太是真病了！不過你一定要見，我也沒法子。你見了她，她要是——你可別怨我！」

趙子曰一聲沒言語，隨著衛兵往裡走。走到書房的跨院，閻太太正在院裡立著。她穿著一件夏布大衫，可是足下穿著一雙大紅繡花的棉鞋，呆呆的看著院中那盆開得正盛的粉夾竹桃。書房的門口站著兩個十七八歲的丫頭，見趙子曰進來，兩個交頭接耳的直嘀咕。

「這是我們的太太！」那個衛兵指給趙子曰，然後慢慢的走出去。

「閻太太！」趙子曰過去向她行了一禮。

「你來了？我的寶貝！啊，我的寶——貝！」閻太太看著趙子曰連連的點頭，好像小雞喝水似的。直楞楞的看了半天，她忽然狂笑起來，笑得那麼鑽腦子的難聽。笑了一陣，她向前走了兩步，說：

「啊！你不是我的寶貝呀！好！我念得你，你閻乃伯！閻——乃——伯！——你就是賠我的兒子！你把我兒子害了，你！」她的聲音越來越高，臉上越來越難看。趙子曰往後退了幾步，她一個勁往前趕。「好！你！你！你成天叫我兒子念書，念死啦！念死啦！你還娶姨太太，你！你就是賠我的兒子！哎——喲——我的寶貝喲！」她坐在地上放聲痛哭起來。兩個丫頭跑過來把她扶起來。趙子曰一語未發往外走。

「我不冤你吧？」那個衛兵向趙子曰一笑。

趙子曰顧不得和衛兵惹氣，低著頭走出去；一邊走一邊想：還是得找周少濂去。因為他想：他自己回京去見閻乃伯，一定見不到；周少濂到底和閻乃伯有關係，所以還是求周少濂幫助他較著妥當。……

「怎樣？老趙！」周少濂笑著問。

「不用說！少濂，你要是可憐我，先給我弄碗茶喝！我從早晨到現在水米沒打牙！」

周少濂看趙子曰的臉色那麼難看，不敢再說笑話，忙著去給他沏茶。茶沏好，他由床底下的筐籃中掏了半天，掏出幾塊已經長了綠毛的餅乾，遞給趙子曰。

「我吃不下東西去，少濂！給我一碗茶吧！」趙子曰坐在床上皺著眉說。

「子曰！你是怎一回事？這麼大驚小怪的！」

趙子曰一面吃茶，一面略略的把李景純的事說了一遍，然後說：

「少濂！你一定得隨我進京！那怕我管你叫太爺呢，你得跟我走！」

「子曰！」周少濂鄭重的說：「現在已經天黑了，就是趕上火車，到京也得半夜，也辦不了事。不如你休息休息，我們趕夜間三點鐘的車，一清早到京，不是正好辦事嗎？」

「不！這就走！」趙子曰的心中像包著一團火似的說：「事情千變萬化，早到京一刻是一刻！我急於聽北京的消息！」

「我是為你好，子曰！你在這裡睡個覺，明天好辦事呀！你要打聽消息，去打個電話不就行了嗎！」

趙子曰心中稍微活動了一點，身上也真覺得疲乏了，於是要求周少濂領他到電話室去。他先給莫大年打電，莫大年沒在家。又想給武端打電，又怕武端不可靠；可是除了武端還沒有地方可以得些消息，他為難了半天，結果叫了天台公寓的號頭。電線接好，武端說：莫大年奔走了幾處，很有希望，大概可以辦到把李景純移交法廳。他自己也正在運動，可是沒有什麼效果。最後武端說：「你明天一早能回來，就不必夜裡往回趕了，現在老李很安穩。」

趙子曰心中舒展了一些，慢慢的走到宿舍去。周少濂忙著出去買點心。點心買來，趙子曰吃了一兩塊，又喝了一壺茶。周少濂七手八腳的把自己的床勻給趙子曰，他自己在地上亂七八糟的鋪了些東西預備睡覺，其實還不到十點鐘。他一個勁兒催著趙子曰睡，趙子曰是無論如何睡不著。

「老周，你能去借個鬧鐘不能？」趙子曰問：「我怕睡熟了醒不了！」

「沒錯！老趙！我的腦子比鬧鐘還準，說什麼時候醒，到時准醒！睡你的！睡呀！」周少濂躺在地上，不留神看好像一條小狗，歪不橫楞的臥著。

「睡不著！老周，把窗戶開開，太悶得慌！」

周少濂立起來把窗子開開一扇，跟著又悄悄的關上了，因為他最怕受夜寒。可是趙子曰聽見窗子開開，深深在床上吸了一口氣覺得空氣非常的新鮮，滿意了。

武端坐在屋裡拿著《真理晚報》看：

「大暗殺案之經過：

「今早八時京畿守衛司令兼第二百七十一師師長賀占元將軍由南苑師部乘汽車入城，同行者有劉德山營長，宋福才參謀。車至永定門外張家屯附近，突有奸人李景純（係受過激黨指使）向汽車連放數槍。劉營長左臂受傷甚重，賀司令與宋參謀幸獲安全。汽車左右侍立衛兵奮勇前進，當將刺客捉獲，解至師部軍法處嚴訊。

「本報特派專員到師部訪問，蒙賀司令派宋參謀接見。宋參謀身著軍衣，面貌魁梧，言談爽利，雖甫脫大險而談論風生，毫無驚懼之色，真儒將也！本報記者與宋參謀談話約有十分鐘之久，茲將談話經過依實詳載如下：

「問：賀司令事前有無所聞？

「答：媽的，沒有！

「問：所乘汽車是否軍用的？

「答：不是，賀司令自己的！

「問：行至何處聽見槍聲？

「答：大概離火車道不遠。

「問：同行者？

「答：俺們三個：賀司令，劉營長，和我，還有他媽的幾位弟兄。

「問：車中情形？

「答：司令和咱爬在車內，劉營長沒留神吃了一個黑棗。

「問：怎樣捉住刺客？

「答：四個弟兄一齊下去把那小子捉住。

「問：刺客是否與賀司令有私仇？

「答：沒有，那小子是過激黨！

「問：怎樣懲辦他？

「答：媽的，千刀萬剮！

（說至此，宋參謀怒形於色，目光如炬！）

「問：賀司令對過激黨有無除滅方法？

「答：有！殺！」

「談話至此，本報記者向宋參謀致謝告辭。臨行之時，宋參謀叮嚀囑告本報記者：將經過事實依實登載，以使過激黨人聞之喪膽。並云：賀司令治軍有年，愛民如子。（前在大名鎮守使任內，曾經紳商贈匾一方，題曰：民之父母。）不惜性命誓與奸人狗黨一決死戰。

「本報記者敬聆之下，極為滿意！旋要求至監獄一視刺客。蒙宋參謀格外優遇允准，並派衛兵二名護送至獄。

「刺客姓李名景純，直隸正定府人。身體短悍，面貌凶惡。手腳繫以鐵鎖，依然口出狂言，侮蔑政府。本報記者試與彼談話，彼昂然不對，唯連呼『赤黨萬歲』而已。本報記者以彼凶頑不靈，不屑多費口舌，即攝取像片一張，退出監牢。衛兵匯出師部，並向本報記者行舉手禮云。

「本報記者因不能與刺客談話，旋即各方面搜集事實，以饗讀者：

「李景純前肄業名正大學，專以鼓動風潮為事。前次之毆打校長，即彼主使。

「名正大學解散後，彼入京師大學。與同黨數人受過激黨津貼每月百二十元，並領有手槍子彈，以謀刺殺要人，破壞治安。」

……

「賀司令鎮靜異常，照舊辦公，並聞已定有剪掃奸黨辦法。

「今日午時有商會代表特送紹酒一罈，肥羊四隻，到師部為賀司令壓驚，頗蒙賀司令優遇招待云。」

……

趙子曰要求周少濂一同進京去見閻乃伯。周少濂是非作完詩不能作別的事，而作成一首詩又不是一兩天所能辦到的。於是趙子曰一個人回北京。

「怎樣了？老武！」趙子曰一進大門就喊。

「沒消息！剛才老莫打電說：他又到南苑去，叫咱們等他的信！」說著，兩個人全進了第三號。「老趙！這裡有兩封信，老李叫你看！」武端遞給趙子曰幾張並沒有信封的信。

「景純學兄：

「你對我的愛護，我似乎不應當說，其實也真說不出來！二年來經你的指導，學問上的增進，我很自傲的說，我不辜負你的一片誠心訓誨；對於身體上，我的筆尖和眼珠一齊現在往紙上落：設若沒有你和張教授，我不知道又淪落到什麼地步去了！

「我見著你的時候，不如我坐定了想你的時候感激你的深切；因為見著你的時候，你的言語態度，叫我把『謝你』兩個字在嘴中嚼爛了也說不出來；可是我坐定想你的時候，我腦中現出一個上帝的影兒，我可以叫著你的名字感謝你！

「當我生下來的時候，我吸了世上的第一口氣，我就哭了，這或者是生命的悲劇的開場鑼吧？我五歲的時候，我明明白白又哭了幾場，哭我的父母！以後我不哭了，不是沒有不哭的事，是沒有哭的膽量，一個孤女在別人家撫養著，我敢哭嗎？現在我又哭了，哭你和張教授，因為你們對我的愛護，不是泛泛一笑所能表出我的感激的！

「你知道我現在的苦境，可是我一向沒告訴過你我的過去的慘劇。不是我要瞞著你，是我怕你替我落淚；淚是值得為好朋友落的，可是我願看你笑，不願看你用哭把笑的時間占了去，生命是多麼短的，還忍得見面的時候不多笑一笑嗎！

「現在我不能不告訴你了，因為前天你問我，我再不說未免顯著我的心太狠似的。前天我本來可以當面告訴你，可是我又想說的不如寫的詳細，所以我現在寫這封信。盼望你看這封信的時候，同時也念我的心，或者這張印著淚痕的紙，和我哭著對面和你說話一樣真切。

「我說不出來我的心情，我寫事實吧：

「我從父母死後，和我的叔父同居，在上海。叔父的愛我出於至誠，這就是我不敢再哭的原因。叔父無時無刻不疼憐我，我無時無刻不掛著笑容討叔父的歡心；叔父與侄女的愛情是真的，可是與父母子女間的愛情差著那麼一點：不敢彼此對著面哭。

「更可痛心的：自從我作錯了事以後，我的叔父沒有像父母原諒子女的心，在我痛悔悲哀之際，沒有一個親人來摸一摸我的頭髮，或拭一拭我的淚！我自己的錯！可是我希望叔父愛我，甚至溺愛我！這一點希望永沒有達到，不是叔父心硬，是我自己不好；叔父愛我，不能溺愛我！

「我每月給叔父寫一封信，沒有回信！我還是寫，永遠寫，他的怒惱是應該的，是近於人情的。我只盼望落在信紙上的淚和他的淚親個吻，不敢奢望！不幸，他越看我的信而越發怒⋯⋯嗐！我只好不用這麼想吧！他總有饒恕我的一日，我老這麼盼著，直到我死！

「我的錯事是在上海作的，那時候我正在中學念書，我不用說是誰的發動，凡男女的事，除了強佔外，很少有不是雙方湊合的。那麼，我要是把這個罪過全推在別人頭上去，我於作錯了事之外，還又添上幾分誣人之罪。

「我作錯了，我只怨自己年少無知，我沒有一絲一毫的陳腐道德觀念在腦中縈繞著;可是我的叔父與我說了末次的『再見!』他是個老人,我不怪他!設若我的情人能保持著我們甘心冒險的態度,和天長地久的誓願,我敢說:不但我與他誰也不錯,而且我們還要快樂的永久在一塊兒。

「誰知道我的命就這麼苦,我的眼睛就這麼瞎,把一個流氓認成可以託以終身的人。至於在沒看清他以前,就把身體給了他!我不以這個為羞恥,假如我認明白了他;不幸,我看錯了,先把失貞喪節的話放在旁邊,從事實上想,我當怎樣活著!他不可靠,叔父不要我,叫我一個孤女怎麼著!

「設若哭就能哭出一條活路來,那麼我就哭那條生路,決不哭我的過錯;因為我根本不承認那是道德上的墮落,就沒有什麼舊道德觀念環繞著我的淚腺!

「在我認識他的時候,嗐!我說出他的姓名來吧:他是歐陽天風!他就是那麼好看;我只看明白了他的俊俏的面貌,可憐,沒看清他那不俊俏的心!他那時候在大學預科念書,是由張教授(那時候張在中學當教員）補助他的學費。

「張教授是他的一個遠親。當我們同住的時候，張教授一點怒氣沒發，還依舊的供給他。不但供給他，也幫助我，好像我丟了一個叔父，又找著了一個父親。他用張教授的錢去嫖去賭去喝酒，而且反恨張教授給他的錢不夠用。於是我去見張教授說明我的懊悔，請他設法援助我。張教授始而勸告他，無效！繼而斷絕了他的補助，而專供給我。他，於是，開始恨張教授了！好心幫助人是要招恨的，我為人類歎息一聲！

「他對張教授無可如何，可是他能欺侮我，於是張教授為成全我的原因，把我帶到北京來。他供給我在中學畢了業，又叫我入大學，這是咱們見面的時候，也就是張教授與歐陽成了仇敵的時候。

「他也來到北京。他的立意是強迫我由著他的意思嫁人，他好從中使錢。姓王的，姓趙的，姓李的，多的很，他日夜處心積慮的把我賣了，他好度他的快活的日子。對我他以夫妻的關係逼迫，因為我們並沒正式結婚，自然也就無從說離婚；那麼，我不答應他呢，他滿有破壞我的名譽的勢力。

「對張教授呢，他恫嚇，譏罵，誣衊，凡是惡人所能想到的，他全施用過。所幸者，張教授一味冷靜不和他惹氣，我呢，有你和張教授的保護，還未曾落在他的手裡。

「將來如何，我不知道！我只有聽從張教授的話，我自己沒主意。我只有專心用功以報答他的善意！

「對於你，還是那句話：我感謝你，可是沒有言語可以傳達出來！

「不能再寫了，筆像一鐵柱那麼笨重，我拿不動了！

「明天見！

王靈石啟。」

「景純學兄：

「昨天晚上他（歐陽）又來了，他已經半醉，在威迫我的時候，無意中說出來：『你再不依我，我可叫賀司令殺姓張的！』

「我與張教授決定東渡了，不然，我與他的性命都有大危險！

「我們在日本結婚！

「以前的事，在我死前永遠深深刻在心中作為一課好教訓。你的恩惠，我不能忘，永不能忘！

「咱們再見吧！我與張教授結婚的像片，頭一張是要寄給你的！

「我好像拉著你的手說：『再見！』

「事急矣，不能多寫。今晚出京！

「再說一聲：再見！

王靈石啟。」

趙子曰看完那兩封信，呆呆的楞了半天，一句話沒說。

莫大年哭著進來了，趙子曰和武端的心涼了半截！趙子曰嘴唇顫著問：

「怎樣了？老莫！」

「老李被槍斃了，昨夜三點鐘！」莫大年哭的放了聲，再說不出來話。

趙子曰也哭失了聲，武端潄潄的落淚。

三個人哭了一陣，趙子曰先把淚擦乾：「老武！老莫！不准哭了！老武！你去收老李的屍，花多少錢是你一個人的事，你能辦不能？」

「我能！」

「把屍首領出來，先埋在城外，不必往他家裡送！」趙子曰說：「幾時有機會，再把他埋在公眾的處所，立碑紀念他，他便是歷史上的一朵鮮花，他的香味永遠吹入有志的青年心裡去。老武！這是你的責任！你辦完了這件事，是願和軍閥硬幹呀，還是埋首去求學，在你自己決定。這是老李指給我們的兩條路，我們既有心收他的屍身，就應當履行他的教訓——」

「老趙你放心吧，我已經和老李說了：我力改前非，求些真實的知識！」武端說。

「老莫！幫助老李的母親是你的事，你能辦不能？」趙子曰問。

「我能！」莫大年含著淚回答。

「不只是幫助她，你要設法安慰她，把她安置個穩當的地方！沒有她，老李不會作這麼光明的事！老莫，你明白老李比我早，我不必再多說。」

三個低著頭呆呆的坐了半天，還是趙子曰先說了話：

「老莫！老武！你們作你們的去吧！我已打好我的主意！咱們有無再見面的機會，不敢說！我們各走各自的路，只求對得起老李！咱們有緣再會！」

品精選：12

子曰【經典新版】

：老舍
行人：陳曉林
出版所：風雲時代出版股份有限公司
地址：10576台北市民生東路五段178號7樓之3
電話：(02) 2756-0949
傳真：(02) 2765-3799
執行主編：劉宇青
美術設計：吳宗潔
行銷企劃：林安莉
業務總監：張瑋鳳

初版日期：2023年1月
ISBN：978-626-7153-71-0

風雲書網：http://www.eastbooks.com.tw
官方部落格：http://eastbooks.pixnet.net/blog
Facebook：http://www.facebook.com/h7560949
E-mail：h7560949@ms15.hinet.net
劃撥帳號：12043291
戶名：風雲時代出版股份有限公司

風雲發行所：33373桃園市龜山區公西村2鄰復興街304巷96號
電話：(03) 318-1378
傳真：(03) 318-1378
法律顧問：永然法律事務所 李永然律師
　　　　　北辰著作權事務所 蕭雄淋律師

行政院新聞局局版台業字第3595號 營利事業統一編號22759935

定價：280元

國家圖書館出版品預行編目資料

老舍作品精選. 12, 趙子曰 / 老舍著. -- 臺北市：風雲時代出版股份有限公司, 2022.12　面；　公分

ISBN 978-626-7153-71-0 (平裝)

857.7　　111017542